光文社文庫

文庫書下ろし&オリジナル

# 安楽探偵

小林泰三《やすみ》



光　文　社

目次

第一話 スペースインベーダー
第二話 ギャラクシアン
第三話 제발록サム
第四話 母の輝き
第五話 サバーイブ

5   55   113   161   209   255

# 第一話　アイドルストーカー

「珍しい日もあるもんだ」先生がふと呟《つぶや》いた。手持無沙汰《てもちぶさた》なのか、火を点《つ》けてもいない煙草《たばこ》をくるくると指先で回転させている。

「何かありましたか？」わたしは、少し離れた場所で、タブレットＰＣを使って書きものをしていた。

「いや。何もないのだ。何もないことが珍しい」

わたしは少し考え込んだ。「つまり、先生のおっしゃりたいのは、いつもなら何かが起こっているはずなのに……」

「解説はしなくていい。どうせ君の解説は単なる言葉の言い替えだろ。僕の言ったことを一々別の言葉に直されたりしたら、自分が馬鹿になったような気がするじゃないか」

「そういう言い方をされると、逆にわたしが馬鹿にされているような感じがしますが」

「君を馬鹿にするような発言は一つもなかったと思うが」

「先生の発言はわたしには難し過ぎるので、簡単な言い回しにしないと理解できないのです。それを遠回しに指摘されたように感じました」

「僕の発言が理解できないって？」

「はい」

「それは嘘だよ、君」

「どうして嘘だと思われるんですか？」

「だって、僕の言葉を簡単な言い回しに変えているのは、他ならぬ君ではないか」

「はい。そうです」

「だとしたら、君は元々の僕の言葉を理解していなければならない。つまり、英語を理解してない人間が英文和訳できないのと同じ理屈だ」

「はあ。そう言われると、確かにそうなのですが、先生の言葉はわたしには理解し難いというか、ぎりぎり理解できるかどうか、という領域なのです」

「僕の使う言葉がちょうど君の知性の限界に位置するということか。まあ、稀なことだが、あり得ないという程ではないので、否定はしないでおこう」

「という訳で理解が生半可《なまはんか》になっているのです。だから、その理解が正しいかどうかを確認しようとして、わたしなりに嚙み砕いた表現にして、先生に確認しようとしているのですよ」

「その行為にどういう意味があるんだ？」

「わたしの理解が進みます」

「君にとってではなく、僕にとっての意味だよ。僕は君の日本語教師だろうか？」

「違いますよ。そうだと思ったことは一度もありません」

「じゃあ、どうして僕に確認を求めるんだ？　君が僕に確認を求める度に、僕は一々『そうだ』とか『違う』と答えなければならなくなる」

「そうですね」

「『そうだ』の時はまだいい。『違う』の時、君はさらに『どう違うんですか？』と訊《き》いてくるだろう」

「訊きますね」

「その展開は僕にとっては非常に苦痛なのだ」

「それは気付きませんでした。因《ちな》みに、どうして苦痛なのですか？」

「今、まさにそういう展開になっているではないか。僕は一度言った自分の言葉を君のために理解できる表現に翻訳しなくてはならなくなるのだよ」

「そうですね」

「それが苦痛だと言ってるんだ」

「しかしですね。その工程がなければ、わたしは先生の言葉が理解できないのですから、仕方がありません」

「では、君は外国人の言葉が理解できないからと言って、いつも外国人に日本語に翻訳してくれと言うのかい？」

「それは言いませんね」

「じゃあ、どうするんだ？」

「自分で勉強するか、通訳を雇います」

「だったら、今回も自分で勉強すればいいだろう」

「それは無理です」

「どうして無理なんだ？」

「世の中には、外国語に通じた人物はごまんといます。だから、その人たちの指導を受けるなり、著作を読んだりして、勉強できるのです。しかし、先生の思考に通じた人物は先生お一人です。したがって、勉強するためには、先生自身の指導が必要になります。また、通訳についても、同じことです。先生の思考を通訳できるのは、先生だけです」

「ここで、根本的な疑問を提示しよう。どうして、僕は僕の思考に対する君の理解に協力しなくてはならないのか？」

「それに対する解答は簡単です。もし、わたしが先生の思考を理解できなかったら、わたしがここで仕事をしていること自体に意味がなくなって……」

その時、玄関のチャイムが鳴った。

「依頼者が来たようだ」先生の目には狂喜の光が宿ったが、なぜか椅子から立とうともせず、モニターにドアカメラの映像を出す。

相当背が高い。顔の下半分しか映っていない。

「服装からすると、女性のようだ」先生はモニターを見ながら言った。

「かなり長身ですね」

「女性にしては珍しいな」

「それが気になるんですか？」

「いや。たいしたことじゃない。依頼者に入って貰うことにしよう」

ドアを開けると、長身の依頼者が立っていた。

わたしはその姿を見て目を見張った。

「初めまして。わたしは富士唯香《ふじゆいか》です」依頼者はおどおどした様子で名乗った。

わたしは絶句した。

先生は椅子に座ったまま、いつもの調子で軽く挨拶した。

「驚かれたでしょうね。約束もなく、いきなり訪ねて。驚かせるつもりはなかったんですが、予約をするとなると、自分の素性《すじょう》を明かさなければならなくなりますので」唯香は話を続けた。「ああ。もちろん、あなたを疑っている訳ではありません。あなたが優秀な探偵だということは存じております。ただ、先生と連絡するのに際して、間に第三者が入る危険を冒したくなかったのです。その誰かがわたしがあなたに依頼しようとしていることを漏らしたりしたら、その時点でその事実が彼に伝わり兼ねません。そうなったら、逆上した相手が何をしでかすかわかったものではないのです」

「なるほど。彼――男性が問題なのですね？」

「ええ。大げさに言っている訳ではありません。この男は本当に常識はずれの人間なのです」

「とりあえず、お話をお聞きしましょう。そちらに座っていただけますか？」

依頼者は大股で事務所を横断し、ソファに座った。

「ええと。どこからお話しすればよろしいでしょうか？」

「その男性と最初に接触したのはいつですか？」

「この男の行動がエスカレートしだしたのは、ここ数か月のことですが、最初に関わりを持ったのは、もう何年も前になります。そうですね。殆《ほとん》どデビュー直後からと言ってもいいぐらいです」

「では、その頃のお話からお聞かせください」

「はい」依頼者は話を始めた。「元々、わたしはアイドル志望ではありませんでした。

中学生の頃、軽い気持ちでファッションモデルのオーディションを受け、一回で合格してしまったのです。もちろん、よく言われるような家族や友人が勝手に応募したという訳ではありません。ちゃんと自分の意思でオーディションを受けたのです。すでに事務所に所属している子も多かったのですが、わたしはそれまで全くの素人《しろうと》で、オーディションの主催者に紹介された芸能事務所に何の疑問もなく入りました。

オーディションのことは両親にも言ってなかったので、最初は少し揉《も》めることになりました。両親は最初わたしが騙されているのではないかと思ったようです。よくいる街角でのスカウトマンに声を掛けられて舞い上がっているだけなのではないかと。しかし、わたしは有名出版社の雑誌で募集していたオーディションに自分から応募した事、事務所はそのオーディションの主催者から紹介されたもので、他にも多くの有名芸能人が所属していることと等を辛抱強く説明し続け、ついに説得に成功しました。

それでも、まだ完全には信用しきっていなかったようで、上京の時は両親ともわたしについてきて、実際に芸能事務所の中を見聞《けんぶん》して、漸《ようや》く納得して帰ったのでした。

ああ。この辺りのことはすでにいろいろな雑誌やテレビ番組で喋《しゃべ》ってますが、それらはほぼ真実です」

「君は今の話を知ってるかい？」先生はわたしに尋ねた。

「はい。結構有名ですよ」

「なるほど。……ああ。失礼しました。芸能界に疎《うと》いもので、確認したまでです。お気になさらないでください。お話の続きをお願いします」

「それから間もなく、わたしはファッション雑誌のモデルとして華々しくデビューすることになりました。

デビュー直後からファンレターが届くようになりました。女子中高生向きの雑誌だったので、ファンレターの大部分はその年代の女子からのものでしたが、男性からのものも結構ありました。そういうのはちょっと異例だったようで、事務所は売り出し方法を再検討することになったそうです。

そのファンレターの中に変わったものがありました。封筒が真っ黒なのです。黒地にぼんやりと事務所の住所と「富士唯香」という文字が浮かび上がって見えました。最初は、単に元々黒い封筒に白いインクで文字を書いたんだと思っていました。しかし、なんとなく違和感を覚えて、よく見てみると、単なる黒地ではないようでした。黒というよりは濃いグレーで、ところどころ胡麻のような白い斑点が見えます。

わたしはふと興味を覚えて、封筒の表面をルーペで拡大して観察してみました。

それは黒地などではありませんでした。なんと米粒より小さい文字がびっしりと書き込まれていたのです。

わたしへの切実な思いらしきものが書かれていましたが、文字がほぼ潰《つぶ》れていた上、文章が相当おかしく、殆《ほとん》ど意味をとることはできませんでした。最初に書かれたと思《おぼ》しき所には、わたしを褒《ほ》め称える文章が書かれていましたが、だんだんと自分に返事をしないわたしへの恨み言になり、さらには攻撃的な文章でわたしを貶《けな》すものとなり、最終的にはわたしを呪詛《じゅそ》する言葉に代わっていました。

恐ろしいのは、それが何年にも亘《わた》って、徐々に変遷《へんせん》したものではないということです。それらの文章は一枚の封筒に書かれていたのです。つまり、封筒に文章を書きながら、勝手に妄想が進み、彼の中でわたしと彼との否定的な関係性が出来上がっていったということです」

「手紙の差出人を男性だと思われたのはなぜですか？」先生はメモを取りながら、尋ねた。

「封筒の中身を見れば、わかりました」

「中身？　何があったんですか？」

「中には何枚かの写真が入っていたのです。男性の写真でした。もちろん、写真の男性が差出人と決まった訳ではありません。しかし、写真に写っていた人物が差出人でない可能性は殆どないように思います。なぜなら、それらの写真はあまりに異常なため、わたしに出す以外の目的で撮影されたものとは考えられないからです」

「どういうふうに異常だったのですか？」

「これがその写真です」依頼者はテーブルの上に数枚の写真を並べた。

「あっ」わたしは驚いて、つい声を上げてしまった。

写真には中年の男性――それも決して美しくはない男性が写っていた。背は高いが、肥満体型であり、髪の毛も殆どなかった。耳の上辺りに僅かに生えた頭髪を長く伸ばして、頭頂部に張り付けるように配置している。そして、驚くべきことに、その服装は女性もの――それも、十代の女性が好んで着るようなものだった。よく見ると、その男性は十代の女性がするような化粧、そして表情、ポーズをとっていることがわかった。

「この写真は本当に恐ろしいものでした」

「恐ろしい？」先生は写真を見ながら言った。肩を震わせているのは、必死に笑いを堪えているからだろう。「確かに、ある種の違和感は覚えますが、恐怖というよりは滑稽《こっけい》さの方を強く感じますよ」

「しかし、わたしは相当な恐怖を感じたのです」

「なぜですか？」

「この雑誌を見てください」依頼者は今度は雑誌を鞄から取り出した。「当時、私の写真が掲載されていた雑誌です。そして、これがわたしの写真です。お気付きになられましたか？」

男の写真は雑誌に掲載されている富士唯香と同じポーズと同じ表情――といっても、真似ようとしているだけで、到底同じ表情に見えない――をとっていた。化粧もとてつもなく下手くそだったが、唯香のそれをコピーしようとしているのが見て取れた。衣装も相当ちぐはぐだが、彼女が着ていた服と同じ配色になっていることがわかる。男性が着ている服は既製品ではなく、手作りによるものらしかった。例えばその長さなども左右アンバランスで、全体的に歪《ゆが》んでいた。また、複数の布を縫い合わせた跡もはっきりと残っていた。おそらく、この男性自身が様々な布を集めて、縫い合わせたものだろう。それは唯香が着ていた衣装とは全く違うものではあったが、彼女の衣装に近付けようとしたものであるということは明白であるように思えた。

「封筒の中に入っていたのは、その写真だけだったのですか？」

「はい。封筒の外にびっしりと文章が書かれていたのとは打って変わって、中に入っていたのは写真だけでした。そして、写真からはなんともいえない悪臭が漂っていました」

「あなたはそれを見て、どうしましたか？」

「ファンレターに変な手紙が混ざっていた、とマネージャーに相談しました」

「マネージャーの反応はどうでしたか？」

「最初、マネージャーは人気者にはいずれおかしなファンが付くものだ、と笑っていました。しかし、わたしが実際に封筒と写真を見せると、すぐに真顔《まがお》になりました。

『今まで、いろいろと変な手紙を見てきたが、ここまで異常性の高いものは珍しい』マネージャーは唸《うな》りました。

『手の込んだ悪戯《いたずら》ってことはないですか？』

『この封筒を見るんだ。悪戯のためにここまで、書き込むなどということは考え難い。かなりの情熱がないと無理だよ、これは。それに悪戯だとしたら、こんなにはっきりと自分の顔が写った写真を送りつけたりはしない。顔写真と筆跡があれば、身元が特定できて最悪御用になるんだから、悪戯でそこまで危ない橋は渡らないだろう』

『つまり、どういうことですか？』

『本物だということだよ』

『本物って？』

『本物のサイコ的な人ってことだ。自分が捕まるなんてことは想像だにしていないのか、捕まっても構わないと考えているのか、どちらかわからないが、全然気にしていないのはあきらかだ。まあ、悪意はないかもしれないけどね』

『そうなんですか。ほっとしました』

『いや。本当に怖いのは、悪意のないやつなんだよ。金目当てのやつや愉快犯はそれほど怖くない。つまり、損得勘定ができる訳だから、基本的に割りの合わない犯罪には手を出さない。中には、金目当てで割りの合わない犯罪に手を染めるやつもいるが、そいつらはただ間抜けなだけなんだ。近所のコンビニで万引きをする中学生なんかがその具体例だ。で、それより怖いのが純粋な悪意で罪を犯すやつだ。自分を含めて、誰が得する訳でもないのに、ただただ人を困らせることに情熱を注ぐ犯罪者だ。愉快犯と似ているところもあるが、純粋な悪意は世間が騒ぐことには関心がない。ただ、誰かが苦しむのを見る、もしくは苦しんでいると想像することが幸せなんだ。道路に毒入りのドッグフードを撒《ま》くやつとか、公園で遊んでいる子供の頭をゴルフクラブで殴るやつとかがその範疇《はんちゆう》に入る。しかし、最も恐ろしいのは全く悪意なく犯罪を起こすやつなんだ。本当に罪悪感がないので、良心の咎《とが》めもなく、罪を犯す。違法行為の原因は被害妄想だったり、時には善意だったりする。あの人は死にたがっているから、自殺の助けをしてあげようと気を回したり、あの女性は俺に好意があるのに言い出せないようだから、俺の方から強引にアプローチしてあげようとか、全くの思い込みで行動する人間は確かに存在するのだ。そして、この手紙の送り主はそのような悪意のない犯罪者である可能性が高いと思う。少なくとも、この封筒と写真からは善意の犯罪者の臭《にお》いがぷんぷんする』

『実際に臭《くさ》いですけどね』

『これは何の臭いかな？　何か有機的な臭いだが』

『有機的って？』

『動物の排泄物《はいせつぶつ》や肉が腐った臭いなんかだ』

わたしは顔を顰《しか》めました。『警察に届けた方がいいんでしょうか？』

『どうかな？　芸能人に変なファンレターが届くことなんて、本当に極普通《ごく》のことだからな』

『でも、その手紙は異常なんでしょ？』

『異常は異常なんだけどね。実際にはまだ実害は出ていない訳だし』

『実害はあります。その手紙のおかげで、とても怖くて不安なんですけど』

『それを実害と認めてくれるかだな……。まあ一応、俺の方から届けておくか』

その話はそこで終わりになりました」

「マネージャー氏は芸能に関してはプロです。彼の言葉を信じてはいかがでしょうか？もちろん、我々の方で調査を開始することには吝《やぶさ》かではありませんが」

「いえ。話にはまだ続きがあるのです」依頼者は続けた。「数週間後、ふと思い出して、あの話はどうなったかとマネージャーに尋ねたところ、警察にはいったが、やっぱりすぐには動けないということだった、という返事でした。実際にストーカー被害にあったり、はっきりとした脅迫状が届いたら、すぐに立件するので、連絡してくれということだったらしいです。実際に被害が出てからでは遅いとは感じましたが、かと言って、芸能人一人一人に護衛を付ける訳にもいかず、仕方がないのかなとも思いました。

そうこうしているうちに、事務所の意向で、わたしはグラビアアイドルとしてのデビューが決まりました。先ほど申し上げたように、ティーン女子向けのファッション誌のモデルにも拘《かか》わらず、ファンレターのかなりの部分を男性が占めていたため、事務所は売り出しの方向を修正してきたのでした。もちろん完全にグラビアアイドルになってしまう訳ではなく、モデルとアイドルのかけもちです。ちょっと不思議に思われるかもしれませんが、最近ではこういう形の芸能人は増えているらしいです。

わたしとしては、少し複雑な気分でした。もちろん、女性だけではなく、男性にもファンが増えるのは嬉しいのですが、男性向けの雑誌にグラビアが載るとなると、当然ながらより多くの男性の目に触れることになります。そして、衣装もまたファッション雑誌とは違い、自然と露出の多いものへと変わっていきます。世の男性の多くは善良だとしても、母数が増えれば自然と変質者の数も増えることになります。

わたしは再びマネージャーに、不安があることを伝えました。

『もちろん、君の心配はわかるよ。確かに、芸能人をターゲットとした事件はゼロではない。サイン会場に突然刃物を持った男が現れないとは言い切れないのが現実だ』

『やっぱり……』わたしは顔面蒼白になりました。

『でも、それもまたリスクとして受け入れられないだろうか？』

『リスク？』

『リスクがなければリターンもない。低リスク高リターンなどというのは幻想だ。方法は二つしかない。地道にこつこつ安全に小銭を稼ぐか、多少の危険を受け入れて大きく成功するかだ。君はどっちの道を選ぶ？』

わたしは返答に迷いました。確かにこの世界で成功はしたかったのですが、だからといって、犯罪に巻き込まれては堪《たま》りません。

『おや？　即答しないのかい？』マネージャーは残念そうに言いました。『もちろん、どちらの道を選ぶかは君の自由だ。しかし、そもそも君は自分の意思でモデルのオーディシヨンを受けたんじゃないのかい？』

『はい。それはそうですが、グラビアアイドルは……』

『モデルならやりたいが、たとえチャンスがあってもアイドルはやりたくないという訳か？』

『そういう訳では……』

『いったいどれだけの芸能人志望者にこんなチャンスが降って湧いてくると思ってるんだ？　もちろん、それをみすみす見逃しても構わない。君の勝手だ。だが、この世界で大きく成功するためには、地道にこつこつでは駄目なんだ。こういうチャンスに飛び付かなければ絶対に成功はあり得ない。そして、こういうチャンスには必ずリスクが付いて回ることになる。これは何も芸能界だけに言えることじゃない。商売で大きく成功するには、屋台だけでは無理で、どこかの段階で借金をしてでも店を構える必要がある。サラリーマンだってそうだ。社長をターゲットに出世したいのなら、失敗のリスクを抱えるプロジェクトを手掛けなければならない。財テクだってそうだ。定期預金に預けるだけでは、いつまで経っても、大金持ちにはなれない。株か為替《かわせ》か債券か――いつかは大勝負を仕掛けなければいけない。君にとっては今がその時なんだ。正直に言おう。リスクはゼロじゃない。我々だって精一杯の警備は手配する。だけど、それは完璧じゃない。それについて嘘は言わない。そもそも、グラビアに出て成功したとしても、スキャンダルで失脚することもありえる。君がどんなに気を付けたって、スキャンダルが出る時は出るんだ。身に覚えがなくったって、完全なでっち上げで記事が出るかもしれない。この世界には嫉妬の闇が渦巻いているからね』マネージャーはここでひと息つきました。『もちろん、芸能界だって、リスクをとらない道もある。一生、平社員のまま過ごすサラリーマンがいるようにね。ヒーローショーの司会のお姉さん――あれだって立派な芸能人だ。あるいは、ドラマのエキストラを続けるという方法もある。うまくすれば画面の端《はし》に一秒か二秒顔が映ることだってありえる。もちろん金銭的な見返りはないも同然だが、テレビに出ているという自己満足は得られるだろう。だが、僕は君がそういう道を進みたいと希望しているとは思わない。さあ、返事をくれ。君はグラビアアイドルになるのか？』

これは意地悪な質問でした。芸能界を目指した者がそんなことを言われてノーと言うはずがありません。わたしはグラビアアイドルとしてデビューしました。

予想通り、反響は凄まじいものでした。ファンレターの数はいっきにひと桁増えました。信じ難いことですが、毎日段ボール箱一杯の手紙が届いたのです。やはり同性のファンと較べ、異性のファンはリビドーの影響からか、理性を越えた衝動に突き動かされるのでしょうか、相当情熱的というか常軌を逸したものが多くありました。もちろん大部分は良識的なものでしたが。

そして、わたしはそのファンレターの中に例の男性のものを見付けたのです」

「以前のものと較べて、何か変化はありましたか？」先生は身を乗り出した。

「同じところもありましたが、変わったところもありました。やはり、封筒には文章がびっしりと書き込まれて黒くなっていました。殆ど文章の意味はとれないのですが、相当激怒しているようでした。わたしの写真がグラビアに載ったことが許せないらしく、堕落しただの穢《けが》れてしまっただのと書き連ねていました。どうやら、彼の意識の中ではわたしは彼の恋人か姉妹らしく、わたしがこのまま芸能界で堕《お》ちていくのが耐えられないようでした。

わたしは心底恐ろしくなってそのままその封筒を開けずに捨ててしまおうかとも思ったのですが、どうも中身が気になってしまい、つい封を切ってしまいました。封筒の中には何十枚もの写真が入っていました。これです」依頼者は新たな写真を取り出した。

全て同じ男のものだった。先ほどのものと同じく唯香の写真の質の低いコピーだったが、今回はグラビア写真を題材としていたため、露出度の高いタンクトップや女性用水着などを着て、より扇情的なポーズと表情の写真が多数あった。本来、十代の女性がとるべき衣装とポーズと表情で、中年男性を撮っているため、異様を通り越して、グロテスクの範疇に入るべきものになっている。もちろん、無駄毛処理などもいっさいされておらず、見た瞬間に吐き気を催すような類《たぐい》のものだった。

「わたしはしばし呆然《ぼうぜん》とした後、なぜか泣き出してしまいました。この男性の狂気の具合が本当に恐ろしかったのです。

わたしはマネージャーを呼び、封筒と写真を見せ、警察に被害届を出して欲しいと懇願しました。

『確かに、これは酷《ひど》いね』マネージャーはしばし絶句した後に言いました。『だが、内容的には前回とほぼ同じだ。特にエスカレートしたとは言えないので、警察が動いてくれるかどうか……』

『でも、この写真は明らかにわたしを真似たものよ。これって、充分に脅《おど》しと判断できないの？』

『この写真から明白なメッセージを読み取れるかどうかだな。単に熱狂的なファンが君の真似をしているだけだと言われたら、反論しようもない』

『写真の意味なんかわかる訳ないじゃない。それに、その封筒の文章だって、脅迫よ』

『これだって、君に危害を加えるなどとは一言も書いてないよ。ただ、妄想を書き連ねているだけだ』

『その妄想が怖いのよ』

『妄想を持っていることは彼にとって不利な材料にはならないんだよ。むしろ、今後何か事件を起こしたとしても、彼にとって有利な証拠とされる可能性の方が高い』

『じゃあ、どうすればいいの？』

『無視するんだ』

『無視なんかできないわ』

『正確に言うなら、無視するふりをして待つんだ』

『何を待つの？』

『こいつが何かを起こすのをだ。何か――脅迫なり、窃盗《せっとう》なり、暴行未遂なり――を起こしてくれたら、逮捕することができる』

『そんな怖い事を待つなんてどうかしてるわ!!』

『いや。どうかしているのは、この男だよ。怖いかもしれないが、今は待つしかないんだ』

『取り返しがつかないことになったらどうするの？』

『じゃあ、前に言ったように、僕と一緒に暮らすって言うのはどうだ？』マネージャーはわたしに身を寄せてきました。

わたしはマネージャーから目を逸《そ》らし、少し身体を離しました。

『ふん。冗談だよ』マネージャーはつまらなそうに言いました。『マンションには必ず僕か代わりの事務所の人間が送り迎えをするし、現場でも君を一人で放置するようなことはしない。このマンションのセキュリティは万全だし、滅多なことは起きないはずだ』

『絶対に起きないと宣言できる?』

『そんなことを言うなら、もはや芸能界を辞めたとしても安心はできないよ。君が一般人になったからといって、この男が興味を失うとは限らない。そして、君が事務所を辞めたとしたら、僕らだって君を守ることはできなくなってしまう。果たして、どっちが安全だと思うんだい?』

確かに、マネージャーの言う事には一理ありました。わたしに芸能人としての価値があるうちは事務所がわたしを守ってくれるでしょう。しかし、芸能人としての価値を失ったら、守る価値もない訳です。同時に変質者もわたしへの興味を失ってくれたらいいのですが、必ず失うとは限らないのです。

わたしは悩んだ末、相手が何か行動を起こすのを待つというマネージャーの提案を受け入れることにしました。

芸能人としては、とてもありがたいことなのですが、わたしのグラビアの仕事は途切れることなく続きました。そして、新しい写真が発表されるたび、例の男はそれを模倣した写真を送ってきました。封筒に書かれた文章は相変わらず意味のとりにくいものでしたが、激昂《げっこう》していることは伝わってきました。しかし、何を怒っているのかははっきりしませんでした。ただ、マネージャーとわたしの推測はほぼ一致していて、おそらくファッションモデルからグラビアアイドルに活動の重心を移したことが許せないのだろうという結論でした」

「その男があなたに執着した理由は想像が付きますか？」先生は尋ねた。

「はい。あくまで推定ですが」依頼者は続けた。「原則的に、芸能人のファンは実際に芸能人本人と直接の交流はありません。したがって、ファンが向き合うのはあくまで、芸能人本人ではなく、作られた虚構なのです。テレビタレントなどは比較的本人そのものに近いイメージでとらえられていると考えられがちですが、そのイメージもまた一定の演出の下《もと》に作られているのです。バラエティに滅多に出ない俳優の場合は本人がドラマや映画の登場人物という仮面を被《かぶ》っているので、さらに本質が見えにくくなります。ましてや、ファッションモデルやグラビアアイドルとなると、ほぼ肉声も伝わらず、ただ動きのない写真のみのイメージになりますから、現実の芸能人本人とは全くかけ離れたイメージがファン一人一人の中に形成されることになります。それはもう個々人の内的体験の範疇ですから、わたしですらわたしのイメージがファンの頭の中でどのようなものになっているかを窺い知る術《すべ》さえないのです。

モデルの仕事のみをしていた頃、この男の頭の中で、わたしはこの男の理想の女性であったのでしょう。その理想の女性はおそらく男性に媚《こび》を売るような真似はいっさいせず、セクシーな服装などもしなかったのでしょう。ところが、ある日を境にして、わたしはグラビアアイドルとして、男性からいかに魅力的に見えるかを追求した写真を発表し始めました。もちろん、どちらのわたしも本当のわたしではありません。単にビジネスとして、顧客が求めるものを提供したに過ぎません。しかし、この男には、その区別はもちろんついていなかったのです。彼はわたしが堕落した、もしくは自分が欺かれていたと感じたのでしょう。つまり、元々のわたしがモデルの清楚な存在で、それがグラビアアイドルの蠱《こ》惑的《わくてき》なそれになったとしたら、堕落なのです。一方、元々蠱惑的な存在であったものが、清楚さを装っていたとしたら、それはこの男を欺いていたことになるのです。どちらにしても、この男にとって、事実は受け入れ難いものでした。だから、この男は激昂しているのでしょう。しかし、それにしても、説明のつかないことがありました」

「それは何ですか？」

「この男がわたしの写真の真似をしている理由です。最初はセクシーなポーズをとるわたしを皮肉るためのものかと考えていました。しかし、それなら、初期の頃のファッションモデル写真を模倣した意味がわからなくなります。

　この男性はわたしの姿を真似ることで何かを伝えたかった。それだけは理解できましたが、その内容が具体的に何なのか、想像だにつかなかったのです」

「あなたのお考えはわかりました。話を続けてください」

「グラビアの仕事はそれからも加速度的に増えていきました。多い時には同じ日に別々の雑誌の撮影が入る時すらありました。文字通り目の回る様な忙しさでした。

　そして、驚くべきことは、この男も全く同じペースで自分の写真撮影を行い、そしてそれを次々と送り届けてきたことです。

『雑誌が発売された日の午前中には投函《とうかん》しているようだ』わたしの部屋にファンレターを届けに来たマネージャーは消印を見て感心していました。『朝一で雑誌を買って、それを見て衣装を準備して、同じメイクをして、似たような場所を探して、自撮りしているんだろうが、全く超人的だな』

『本当にそうなのかしら？』

『どういうことだ？』

『写真が出版の前に漏れてるってことはないかしら？　そうじゃないとこんなに迅速にコ

ピーできるとは思えないわ』

『いや。準備期間がほんの数時間ということはありえないことじゃない』マネージャーは顎《あご》を撫でながら写真を見ました。『衣装は予《あらかじ》め何パターンか用意しているものから選んでいるのだろう。色合いさえ似ていれば同じような印象になる。そもそも、ついついこのおっさんの顔に目がいってしまうので、衣装はきっちり見ないだろ。撮影場所だって同じだ。何箇所かグラビアに使えそうな場所を知っていて、そこを利用しているんだろ。公園とホテルの部屋と山林と岸辺と海岸とプールと繁華街。だいたいこれのどれかを選べば、似たような印象の写真になる。例えば、君のこの写真とおっさんのこの写真を較べればわかるだろ。確かに、似たような印象に見えるが、それはおっさんのビキニ姿と頭のバーコードに注目してしまっているからだ。君のビキニは赤地に水色の縦縞だが、おっさんのは赤地に黄色の水玉だ。口紅だって、同系統の色合いではあるが、同じではない。それから、君の写真の背景はグアムの海岸だが、これはどこか日本の川か池だろう。水の色はたぶん茶色だったのを画像編集ソフトで着色したものだ。全体としての構図は似ているが、部分部分は全く別物だよ』

確かに、そう言われてみれば、即席のやっつけ仕事で撮影したようにも見えました。

『しかし、それでも凄い』マネージャーは言いました。『独力でやり遂げるのは至難の業《わざ》だろう』

『協力者がいるのかしら？』

『どうかな？　でも、もし協力者がいるとしたら、それは我々にとっては朗報かもしれないよ』

『どうして？　敵が複数いることになるのに？』

『二人組の変質者って聞いたことがあるかい？』

わたしは首を振りました。

『変質者っていうのは、全員指向が違うんだ。正常な人同士は似通っているが、変質者はそれぞれが勝手な方向に逸脱《いつだつ》しているから、互いに理解し合うことができないんだ。だから、仲間を作らない。今回のこの写真を作成するほどの技量を持った変質者が二人もいて、それが知り合い同士だという確率は天文学的なものになるだろう』

『そうかもしれないけど、どうしてそれが朗報になるの？』

『もし、複数の人間が関わっているとしたら、これは真面目にやっているのではなく、冗談でやってるってことになるからだ。チームを組めるのなら、ある程度正常な人間だ。だとすると、このおっさんは罰ゲームか何かで写真のモデルをやらされているだけだということになる』

『本当？　だとしたら、安心していいの？』

『残念ながら、複数犯である可能性は低いね。ドッキリだとしたら、いくらなんでももうネタをばらしているだろう。こいつから手紙が来るようになって、もう一年以上経っている。悪ふざけだとしたら、とっくに飽きている頃だ』

『じゃあ、このままこんな写真がずっと送られてくるってこと？』

『そうなるだろうね』

『早く警察に捕まえて貰って』

『だから、こいつはずっと同じことを繰り返しているに過ぎないから、捕まえられないと思うよ。エスカレートするのを待つしか……』

『もし、これからもずっと同じことをしているだけだったら、この男を逮捕して貰えないってこと？』

『まあ。そういうことになるだろうね』

『話が違うわ。嘘を吐《つ》いたのね!!』

『何も嘘など吐いていないよ』

『だって、犯罪行為に及んだら、警察に届け出るって言ったじゃない』

『だから、この程度なら犯罪とは呼べないんだよ』

『じゃあ、このままずっと写真を送り続けられたら、わたしはどうなるの？』

『どうにもならないよ。別に写真ぐらいいいじゃないか。実害はない。それどころか、おっさんの愉快な写真が見られるんだから得なぐらいだ』マネージャーはへらへらと笑いました。

この時になって、わたしはマネージャーには本気で対応する気がなかったのだと気付きました。面倒事を避けるために、わたしをうまく言いくるめて、事を荒立てずに放置しようという肚《はら》だったのかもしれません。

『もうあなたには頼まない！　しばらく仕事も断って！』

『君、今が芸能人として、どんなに大切な時期か理解しているのかい？』

『放っておいて！　気味の悪い変質者に付き纏《まと》われるぐらいなら、アイドルなんかやめてやる！　もうファンレターも持ってこないで!!』

わたしのあまりの剣幕《けんまく》に怖気づいたのか、マネージャーはそのまま帰っていきました。

次の日、マネージャーから電話が掛かってきましたが、わたしは出ませんでした。すると、直接部屋を訪ねてきましたが、それも無視しました。

このまま仕事をキャンセルしてしまうと、せっかく今まで築き上げてきたものがすべて崩れてしまう、と脅されもしましたが、それでもわたしは無視しました。

当初は日に何度も電話を掛けてきていましたが、いつの間にか日に一度になり、二日に一度になり、週に一度になり、半年も経つと月に一度、事務的な電話が掛かるだけになりました。それも放置していると、いつの間にか、電話は掛からなくなりました。

ご存知のように、世間では、消えたアイドルとか、仕事でミスをして干されたとか、いろいろな憶測記事が週刊誌を賑わしましたが、わたしはそんなことは気になりませんでした。

あの手紙が届くまでは。

ある日、郵便受けを見ると、あの封筒が入っていたのです。

最初、マネージャーが嫌がらせで、この男からの手紙を転送してきたのかと思ったのですが、宛先にはいつもの筆跡で、はっきりとマンションの住所が書かれていました。

ここが知られている！

息がつまりそうな程の恐怖を覚えました」

「確認ですが」先生が言った。「もちろん、あなたの住所は公開されていませんね」

「はい」

「ネットなどに流出したことは？」

「わたしの知る限りありません」

「あなたのマンションの住所を知っているのは、具体的には誰ですか？」

「事務所の人間なら、調べようと思えば調べられるはずです。あと、実家の家族も知っています」

「親しい友人や恋人も知っていると考えてよろしいですか？」

「いいえ。こちらにはそれほど親しい友人はいませんし、恋人もいません。そもそも住所は事務所以外の人間に教えてはいけないと、きつく言われています」

「マスコミなどには知られているんじゃないですか？」

「それはわかりません。しかし、暗黙のルールで、マスコミも他には流さないはずです」

「わかりました。お話を続けてください」

「とにかく、わたしは部屋に戻り、マネージャーに電話しました。

『もしもし、富士唯香です』

『はあ？』マネージャーの声は不機嫌そうでした。『いったい何のつもりだ？』

『大変なことになったの』

『大変なのは、こっちだよ、全く。おまえのせいで……』

『ごめんなさい。わたしも悪かったわ』

『〝わたしも〟だと？　おまえ、自分が何したか、わかってるのか？』

『あんなこと言ったのは謝るわ。だけど、今助けが必要なの。できるだけ早く、マンションに来て欲しいの』

『こっちは忙しいんだよ。家に手紙が届いたぐらいでいちいち呼び出されてられるかよ』

電話は一方的に切れました。

もう一度電話しようかどうか迷いましたが、とりあえず封筒を確認することにしました。

封筒は宛先以外はいつもの調子でした。意味の取りにくい文章には、裏切られたとかそういうことが書かれています。

つまり、わたしが突然アイドル活動を辞めたことを恨んでいるようでした。モデルからアイドルに転身しては恨まれ、アイドルを辞めては恨まれと、散々です。

封を開けて、ひっくり返すと、ぱらぱらと写真が舞い落ちました。

グラビア写真を撮らなくなって久しいのに、いったいどんな写真を送ってきたのかと手に取って見た瞬間、わたしの顔から血の気が引いていきました。

それは発表されたグラビア写真を模倣したものではなかったのです。その前日のわたしの行動をそのままこの男が自らに置き換えて撮影したものでした。

マンションから出る男の写真。

近所のショッピングセンターで食料を買う男の写真。

同じショッピングセンターで雑誌を買う男。

喫茶店でコーヒーを飲む男。

マンションに戻る男」

「ちょっと待ってください。それぞれの撮影場所は本物だったんですか？」

「はい」

「つまり、その男はあなたのマンションの近所で撮影を行ったということですか？」

「その通りです。この辺りを徘徊《はいかい》し、マンションの入り口を確認し、わたしの行動をすべて監視していたのです。

わたしは強烈な寒気を覚えました。窓辺に向かい、カーテンを閉めて回りました。そして、カーテンの隙間から、外の様子を窺います。

わたしは高層マンションの比較的低層に住んでいます。中を覗きこむには、近隣の高層マンションから見る必要があります。この男が近隣のマンションの部屋を借りることが絶対にないとは言えません。わたしは一日中、カーテンを閉めて過ごすことにしました。

二日後、わたしは買い物のため、外出をしました。できれば、出掛けたくはなかったのですが、全く買い物をしない訳にはいきません。家の前にタクシーを呼び、遠くのショッピングセンターに向かい、周囲に気をくばりながら、大量の買い物をしました。しばらく買い出しに出なくてもいいようにです。数時間の買い物の後、タクシーに乗り、家に戻りました。

郵便受けに封筒が入っていました。もはや宛先すらありません。直接、郵便受けに入れたのでしょう。

わたしは周囲を確認しました。怪しい人影はありません。しかし、安心することはできません。わたしは小走りで、エレベーターに向かい、そして部屋に戻りました。

封筒を開けました。

部屋で食事をしている男。

テレビを見て寛《くつろ》ぐ男。

笑顔で電話をしている男。

カーテンの隙間から外を窺う男。

風呂上りに全裸で髪を乾かしている男。

わたしは激しい吐き気を覚えました。これはすべて前日のわたしの行動でした。そして、撮影場所はあきらかにこの部屋でした。わたしはへなへなとその場に座り込んでしまいました」

「それはあなたの部屋に似た別の部屋で撮られたものでしたか？　それとも、あなたの部屋で撮られたものでしたか？　写真が撮られた場所がどっちかで、状況は大きく変わります。もし、あなたの部屋以外で撮られたものだとしたら、あなたは望遠鏡か隠しカメラで監視されていたということになります。そして、もしあなたの部屋で撮られたのだとしたら、監視されていただけに留まらず、犯人はあなたの部屋に侵入したことになります」

「それはわたしの部屋そのものでした。日本では手に入りにくい調度品も写っていましたし、壁にある僅《わず》かな染みまで完全に一致していました。

この男は私の部屋に入ったのです。そして、おそらく盗聴器や隠しカメラなどを使って、わたしを監視していたのです。

わたしは、その瞬間も男がわたしの部屋にいるのではないかという不安に襲われました。天井裏に見知らぬ他人が勝手に住み着いていた話を思い出しました。

わたしは恐怖に打ち震えながらも全ての居室を見て回りました。

幸いなことに男の姿はありませんでした。盗聴器や隠しカメラは発見できませんでした。最近のものは巧妙に隠すことができるので、素人には見付からないのかもしれません。そう言えば、玄関などの大きな鏡の映り方がおかしいようにも思いました。いずれにしろ、発見するのは専門業者に頼むしかありません。わたしは念のため、鏡を撮影しました。

いや。盗聴器や隠しカメラよりも、遥かに大きな問題がありました。あの男は確かにわたしの部屋にいたのです。それも、ほんの数時間、ひょっとしたら数分前までいたのかもしれません。わたしの部屋の中で、全裸で歩き回り、ソファやベッドも使ったのです。

わたしは今すぐ部屋の中のすべてのものを処分したい衝動に駆られました。だが、それは現実的ではありません。

いったん、実家に避難しようかとも思いましたが、そうするとこの男は実家まで突き止めてしまうかもしれません。この男は想像以上に神出鬼没です。この男の追跡をまいて実家まで辿り着く自信はありませんでした。

わたしはベッドに入る気になれず、部屋の真ん中で電気を点けたまま、まんじりともせずに一晩過ごしました。

次の日、薬局が開く時間になるのを待って、消毒液を買いに出掛けました。

もちろん、消毒液を使ったからと言って、男の汗や唾液《だえき》やひょっとすると尿やもっと酷いものを消すことはできません。しかし、少なくとも病原菌の対策はできるかもしれない。そういう一種の気休め的な意味しかなかったかもしれませんが、その時にはそうすることしか思い付かなかったのです。

両手に消毒液を抱え、わたしはマンションの部屋に戻ってきました。いったん消毒液を下ろし、ドアノブに触れた瞬間、わたしは今までに感じたことのないような胸騒ぎを感じました。まるで、その場で中年男性が今まさにドアを開けようとしているのを見たような感触です。

そして、その瞬間、この男が何を感じ、何を望んでいるかを理解しました。

この男はわたしになりたかったのです。

わたしの真似をして写真をとる理由はわたしと一体化するためだったのです。アニメファンがコスプレをするように、わたしを愛し過ぎたこの男はわたしの姿を身に纏い、わたしになろうとしたのです。

自分は富士唯香であると信じ込もうとしているこの男にとって、本物の富士唯香であるわたしの予定外の行動は酷く腹の立つことだったに違いありません。わたしを目指し、わたしになろうとしていた矢先にゴールであるわたし自身が変化してしまうということはこの男にとって、マラソンにゴールする直前、ゴール自身が走り出してしまったかのような違和感を覚えたのでしょう。封筒に書かれていた意味不明の怒りは自分の目標が移ろいでいくことへの苛立ちだったのです。

そして、この男がわたしの部屋に侵入したことの意味も変わってきます。当初、わたしはこの男がわたしになんらかの危害を加えるか、わたしの生活を盗み見ることによる倒錯した快感を得ることが目的だと思っていましたが、本当の目的は違っていたのです。この男が自分を富士唯香だと思い込んでいるとしたら、当然ながら富士唯香のマンションに住んでいなければならないはずです。

どうやって、わたしの部屋に侵入したのかはわかりません。わたしは、マンションに住んでいるとの安心感からバルコニーの窓の鍵を掛けずに外出する癖がありました。この男はまるで、スパイダーマンかバットマンのようにバルコニーから侵入したのかもしれません。何度か侵入して徐々に部屋の様子を調べれば、スペアの鍵のありかもわかるでしょう。それで合鍵を作ることもできたはずです。

自分の部屋なのに、バルコニーから侵入するなんて理屈に合いませんが、そもそも性別も年齢も違う自分をわたしと同一人物だと考えるぐらいですから、なんとか整合性のある説明を考え出して、自分を納得させているのでしょう。

この男はネットや雑誌やテレビからわたしの情報を手当たり次第に集めたはずです。そして、それを元に自分のために自分が富士唯香であるという偽の記憶を作りだしたのです。さらにそれがエスカレートして、盗聴器や隠しカメラまで準備して、自分が富士唯香として暮らす疑似体験までしていたのです。おそらくそれらすべてを自分自身の記憶として、取り込んでしまっているのでしょう。

ただ、これはすべてわたし自身の直感でしかありません。推理を成立させるためには、何らかの証拠が必要です。

わたしは細心の注意を払ってドアノブを回しました。

微かに摩擦音がしましたが、注意深く耳を澄ましてでもいなければ、気付かない程度でした。

わたしは少しだけ、ドアを開け、身体を滑り込ませました。

玄関には大きな変化はありませんでした。ただ、スリッパ置きにあるはずのスリッパが一足なくなっていました。

この男が今使っているのでしょう。

わたしは靴を脱ぐと、注意深く廊下を進みました。

微かにエアコンの音が聞こえます。

そして、ポテトチップスか何かを齧《かじ》る様な小さなノイズ。

間違いありません。わたしの留守中に誰かが勝手にわたしの部屋に侵入しているのです。

わたしは居間に近付くと、ドアに耳を付けました。

ポテトチップスを齧る音は続いています。

わたしは精神を集中し、ドアを開けました。

何者かがこちらに背中を向けて、ソファに座っていました。わたしが着る様な女性向きの服を着ています。ばりばりとポテトチップスを貪《むさぼ》っています。おそらくわたしが買っておいたポテトチップスです。

わたしはそっとその人物に近付きました。

今から考えると、自分が何をしたかったのかわかりません。

あるいは、自分を富士唯香だと思い込んでいる人間の前に突然、本物の富士唯香が現れたら、どんな反応を起こすか知りたかったのかもしれません。

あなたが自分の部屋の中で寛いでいるとしましょう。その時、背後に人の気配がします。驚いて振り向くと、そこにはもう一人のあなたがいるのです。

いや。この人物はわたしを見て、自分だとは認識しないかもしれません。自分に似た人物と思うだけかもしれませんし、あるいは自分に全く似ていない人物だと感じるかもしれません。

わたしは深呼吸し、そしてついに言葉を発しました。

『あなたは誰？』

謎の人物の動きがぴたりと止まりました。手に持っていたポテトチップスの一片をぽたりと床に落としました。ぶるぶると小刻みに震えているのがはっきりとわかりました。

もちろん、震えているのは、わたしも同じでした。
ゆっくりとスローモーションのように謎の人物は振り向きました。
顎から頬にかけての見覚えのある輪郭。
間違いなく、あの人物です。
わたしたちは全く同じ服装をしていました。
ひょっとすると、わたしが服を買うのを見て同じものを買ったのかもしれません。
そして、ついにわたしたちは目が合いました。
『あっ!!』
何か凄まじい稲妻のようなものが二人の目の間を飛び交ったような気がしました。
わたしは立っていることができず、床に倒れ伏しました。
わたしはもがきながらもバッグの中から携帯電話を取り出しました。
なんとかボタンを押したところまでは覚えています。
野太《のぶと》い男の悲鳴を聞きながら、わたしの意識は薄らいでいきました。
気が付いた時には、事務所から大勢の人間が駆けつけてきていました。
わたしは念のため、病院に入院しました。
わたしの担当は女性の医師でした。わたしは、今までのことを全て話しました。わたしが富士唯香だということはすぐにわかって貰ったようです。

わたしは泣きながら、今までどれほど怖かったかをゆっくりと説明しました。

彼女はうんうんと話を聞いてくれました。

部屋に仕掛けてある隠しカメラや盗聴器もすべて撤去してくれるように頼みました。

彼女はうんうんと話を聞いてくれました。

部屋の鏡にも気を付けてください。あれにも仕掛けがあります。

彼女は不思議そうな顔をしました。

あれはマジックミラーなんですよ。なぜって、わたしは見てしまったんです。鏡の向こうに気持ちの悪い顔が見えたんです。

それって、この男？　と彼女が尋ねました。

そう。この男です。

彼女はわたしの新しいマネージャーになってくれました。

そして、この街に高名な探偵がいることを教えてくれたのです」

「非常に興味深いお話でした」先生は満足そうな微笑みを浮かべた。「その男は鏡の中に見えたんですね」

「はい。そうそう。わたし証拠を持ってきたんです」依頼者は鞄の中から手鏡を取り出した。

「証拠とはなんですか?」

「男の顔です。鏡の中に映っていますよ」

「そうなんですか?」先生は疑わしげに言った。

「よく見てください」

「ええと。どこに映ってるんですか?」

「ほら。ここに映っているこの男ですよ」依頼者は嬉しそうな表情を見せた。

＊

「素晴らしい」先生はうっとりとした表情で言った。「こんな奇妙な事件に遭遇したことがあるかね、君?」

「いいえ」わたしは答えた。「そもそも今まで事件に遭遇したこと自体ありませんよ」

「それは不幸なことだ。ところで、この事件の特徴は何だろうね?」

「物的証拠が少ないことでしょうか?」

「そうとは限らないよ。彼女の話を聞く限り、たいした物的証拠はないように思えるが、もし警察が動けばいくらでも物的証拠が見付かったかもしれない」

「どうして、警察に連絡しなかったんですか?」わたしは依頼者に尋ねた。

「警察に連絡すれば、マスコミにも知られてしまいます」依頼者が応えた。「男はわたしの部屋に侵入していました。これはスキャンダルになります。わたしのアイドルとしての生命は断たれてしまうことになります」

なるほど。か弱いようで抜け目はないということか。

「ところで、女医がマネージャーになったというのは、どういうことなんでしょうか？」

わたしは疑問を口にした。

「たぶん、ちょっとした気紛れで、事務所に頼み込んだんだろう。彼女ならやりそうなことだ」

「知り合いなんですか？」

「ああ。彼女とはちょっとした事件で知り合いになってね。それ以降、こういう特殊な事件があった場合、僕を紹介してくれるようになったんだ」

「でも、事件の捜査は警察の仕事でしょう」

「もちろんだよ。だが、警察の杓子定規《しゃくしじょうぎ》な捜査では見えてこない真実もあるんだよ。彼女はそういう事件を見付けるたびに僕を紹介してくれるんだよ」

「医者がそんなことしていいんですか？」

「問題ない。そもそも彼女は医者じゃない。病院嘱託《しょくたく》のカウンセラーだ」

「でも、彼女はさっき女医だと言ってましたよ」

「それは単に彼女がそう思っただけだろ。些細《ささい》なことだ。とにかく、僕は彼女から話を聞くから、君はしばらく黙っていてくれたまえ」

わたしは反論しようと思ったが、なんだか馬鹿らしくなったので、黙っていることにした。

「ええと。藤井さん」先生は言った。

「富士です」唯香が答えた。

「そうそう。富士さんだった。犯人が映っていたバスルームの鏡は詳しく調べたんですか？」

「はい。鏡の裏には奥行四十センチほどの凹《へこ》みがありました。鏡全体を取り外して中に入るようになっていたんです」

「そのマンションを紹介したのは誰ですか？」

「以前のマネージャーです。事務所が所有する物件を所属芸能人に貸している形です」

「マネージャーは当然、あなたの部屋の鍵を持ってますね」

「はい。わたしが仕事で忙しい時に荷物や着替えをとって来てもらうのに、必要でしたから」

「つまり、前のマネージャーはあなたが留守の間、自由にあなたの部屋に入ることができた訳ですね」

「もちろんそうですが……」

「それどころか、あなたがその部屋に入る前に、様々な仕掛けをしておくことも可能ですね」

「まさか、前のマネージャーが犯人だと言うんじゃないでしょうね？」

「それが最もありそうな答えです。あなたの情報を即座に入手して、写真撮影を執り行い、マンションの部屋に自由に出入りし、部屋を自在に改造する超人的なストーカーを仮定するよりも、すべてがマネージャーの仕業だと考える方が自然です。ある事象を説明する仮説が複数ある場合、最も仮定の少ない仮説を採用しなくてはなりません。科学哲学でいうところのオッカムの剃刀《かみそり》の原理です。いくら事前に準備しておいたからと言って、数時間で写真集一冊分の写真を撮影するのは極めて困難です。また、あなたのマンションに侵入できたとしても、部屋の改造など不可能です。マネージャーが犯人なら、あなたがどんな写真を撮ったかを知ることは簡単です。数週間から数か月を掛けて、じっくり写真を撮ることができます。そして、最初から隠し部屋やマジックミラーなどの仕掛け付きの部屋をあなたに提供することも可能でした」

「彼の顔は犯人とは似ても似つかないですよ」

「変装かもしれませんよ。もしくは人を雇ったのかも。芸能事務所に勤めているのなら、ドッキリ企画だとか適当なことを言って、知名度の低い俳優を使うこともできるでしょう」

「でも、彼はわたしのために警察に何度も足を運んだんですよ」

「あなたは、彼が警察に出向いたことを直接確かめた訳ではありませんね？」

「それはそうですが……。まさか、警察に相談した事自体が嘘だったと言うんですか？」

「その可能性が高いですね。一度警察に確認してみてください。それですべてがはっきりするでしょう。前のマネージャーは姿を暗《くら》ましたのではないですか？」

「はい」依頼者は頷いた。

「しかし、彼が犯人だとはどうしても信じられません」

「彼は犯人です。先ほどのあなたのお話を信ずる限り、ストーカーの手紙が直接あなたのマンションの部屋に届いた時、あなたがそのことを彼に伝える前に彼はあなたの部屋に直接手紙が届いたことを知っていました」

依頼者ははっと目を見開いた。「……彼はなぜこんなことをしたのでしょうか？」

「それはわかりません。まあ、おそらくあなたにふられた腹いせでしょうね。それとも、単にあなたを怖がらせて、自分に頼らせるのが目的だったのかもしれません。ところで、わたしからも一つ質問していいですか？」

「はい。何ですか？」

「さっき鞄から手鏡を出したのはなぜですか？」

「特に意味はありません。このスマホを取り出すのに邪魔だったからです」

スマホには鏡の奥からこちらを覗き込む不気味な男の写真が表示されている。

「なるほど」先生は興味を失ったのか、椅子に座ったまま欠伸《あくび》をした。「警察に連絡して彼を逮捕して貰うか、あるいは別の方法を使って彼の身柄を確保して落とし前をつけさせるか、それともこのままなかったことにするかは、あなたと事務所で相談してください。僕の方は既定の料金を払っていただければ、それで問題ありませんので」

「ありがとうございます」依頼者──富士唯香は満足げに微笑んだ。謎が解けた安心感によるものだろうか、来た時のおどおどした様子はすっかり影を潜めていた。

そして、取り戻しつつあるアイドルの輝きにわたしは目を奪われた。

# 第二話

# 消去法

「わたしと同等の能力を持った人間が職場に現れたのです」その依頼者——中村瞳子《なかむらとうこ》は開口一番こう言った。

彼女はややきつい顔をした若い女性だ。細めのスーツをきっちりと着こなしているところからしても、かなり仕事ができるか、そう見せようとしているか、どちらかだろう。

「なるほど」先生は冷静に応えた。「そういうこともあるでしょうね。そもそも同じ会社に入ろうと思う人間は能力も似通っているのは当然のことでしょう。それで、そのことが何か？」

「先生は勘違いされているようですね」

「なぜ、わたしが勘違いしていると思われるんですか？」先生は涼しい顔で尋ねた。

「会ってすぐにわたしの能力を把握する人間などいないからです」瞳子は少し馬鹿にしたような調子で言った。「ところで、この方はどなたですか？」彼女はわたしを指差した。

「ああ。彼女のことなら……」

「わたしのことなら気になさらないで結構です」わたしは言った。

「別に、あなたのことなど気にしてないですわ。ただ、わたしの能力の説明にちょうどいいと思って……」瞳子はハンドバッグからスマートフォンを取り出した。「そこにお二人、並んでいただけますか？」彼女は壁の方を指差した。

「ええと。どういう意味があるのか、教えていただけますか？」わたしは尋ねた。

「それは後でお教えします」

「とりあえず、こちらに来たまえ、まずは中村さんの言う通りにしようじゃないか」

わたしは不承不承《ふしょうぶしょう》、先生の横に立った。

瞳子はスマホで写真を撮った。

「もう一枚、先生抜きで、あなただけの分を撮っていいですか？」

先生は、壁から離れ、無言でわたしに促した。

「はい」

わたしが答えると同時に瞳子はシャッターを押した。「これで結構です」

「その写真ですが」わたしは言った。「何に使われるんですか？」

「心配は無用です。単に実験に使うだけですから、あなたに迷惑は掛けません。実験が終った時点ですぐに削除します」

「別に悪用されることを心配している訳じゃありませんよ」

瞳子はにやりと笑うと、わたしに近付き、指差した。「あんたなんか消えてしまえ！」

「えっ？」わたしは度肝を抜かれた。

「君、中村さんと知り合いなのかい？」先生は尋ねた。

「いいえ」わたしは首を振った。

「中村さん、今のはどういった意味ですか？」

「気にされなくて結構です」

「いや。気にするなと言われましても、気になりますよ」

「単なる儀式なのです」瞳子は少し微笑んだ。「しばらくわたしや先生の視界から消えていただけますか？」

「はっ⁉」さすがにわたしはむっとしてしまった。

「それも何かの儀式なのでしょうか？」先生が尋ねた。

「はい。その通りです」瞳子が答えた。

「視界から消えるというのは、この事務所から出ていけということですか？　それとも、単に別の部屋に行くだけでもいいんですか？」

「事務所から出て貰うのが一番ですが、別の部屋でも構いません。ただし、気配はすっかり消してください」

「そんな忍者みたいなことできません」わたしは不平を漏らした。

「忍術を使う必要はないんです。ただ、じっと座って、息を凝らしていただくだけでいいんです。物音を立てたり、咳払いをしたり、鼻を鳴らしたりしなければ」

「わたしは鼻なんか鳴らしませんよ」

「とりあえず、中村さんのおっしゃるようにしてくれないか？」先生はなんだか楽しそうだった。

「わかりました。どのぐらいの時間隠れていればいいんですか？」

「今までの経験からいうと、数分間で大丈夫です。時には十分以上掛かることもありますが」

「では、十分程、姿を消してくれるかな？」先生は言った。

「お望みのままに」わたしは隣の部屋に行き、ドアを閉めた。

「さて、先ほどわたしは自分には能力があるとお伝えしました」瞳子は言った。

ドアを閉めても会話はほぼそのまま聞こえるし、覗き窓から隣の様子も見える。

「そうおっしゃってましたね」

「一口に能力と言っても様々な種類があるのです」

「プログラミングの能力や、英会話の能力など、いろいろありますからね」

「わたしの持つ能力は超能力なのです」

「それはつまり並外れて優れた能力ということですか？　例えば普通の人間の二倍の速度で仕事をこなすとか。オリンピック選手並みの運動能力を持っているとか」

「そんなものではありません。超能力と言ったら、超能力なのです」

「つまり、あれですか？　漫画の登場人物のように、手から糸をだしたり、飛んだり、緑の怪物になったりするのですか？」

「はい。ただし、今おっしゃったどの具体例にも当て嵌まりません」

先生は腕組みをして考え込んだ。

「疑ってらっしゃるんですね」瞳子は言った。

「疑っている訳ではありませんよ。ただ、能力の実態が把握しきれないのです。ただ超能力があるとおっしゃられても、ぴんと来ませんね」

「先生、この方をご存知ですか？」

「さあ」

「先ほどこのスマホで撮ったんですよ」

「確かに、この背景はここの壁に似てますね。しかし、この女性は知りません」

「では、この写真に覚えはありませんか？　先生とこの女性が並んで写っています」

「そう言えば、先ほどあなたはわたしの写真を撮りましたね」

「この女性は先生の助手でした。先ほどまでは」

「まさか」

「本当です。わたしは人間を消す能力を持っているのです」

「透明化するということですか？」

「単に見えなくするのではなく、存在自体をなくしてしまうのです」

「つまり、殺害するということですか？」

「そういうことではありません。生命を奪うのではなく、存在を奪うのです」

「どう違うのか、わからないのですが……」

「単に生命を奪った場合には、そこに死体が残ります。しかし、わたしの能力を使えば遺体も残りません」

「死んだ後に死体が消失するということですか？」

「そういうことでもありません。存在自体が消滅するので、死体は残らないのです。その人物が死んだという事実すら残りません」

「死んだ事実すら残らないという意味がわからないのですが」

「つまり、その人物を過去に遡《さかのぼ》って消すのです。そんな人間など最初からいなかったように、人々の記憶からも消すのです」

「それはありえない。仮令《たとえ》すべての物的証拠を始末したとしても、人間の記憶には残るはずだ」

「記憶には残りませんよ。なぜって最初からそんな人はいなかったのですから」瞳子はほくそ笑んだ。

「なるほど。あなたはさっきまで、この写真の女性がここにいて、あなたが超能力でそれを消したとおっしゃるんですね」

「その通りです」

「そして、過去に遡って彼女を消したため、わたしの記憶も含めて消えてしまった、と」

「はい」

「少々引っ掛かりますね」

「何がですか？」

「この現象の原理がです。本当に時間を遡っているのか、あるいは単なる記憶改変なのか」

「どっちでも一緒でしょ」

「いや。全く違いますよ。前者だと現代物理学をひっくり返す大発見だが、後者だと単なる催眠術と大差ないことになる」

「単なる催眠術じゃありません。人ひとりが消えるんですから」

「ふむ……」先生は微笑んだ。

「まだ信じてないんですか？」

「いや。あなたは嘘を吐《つ》いていないということは信じてますよ。で、その能力はいつからあるんですか？」

「半年ほど前です」

「その頃、身の回りで何か変わったことが起きましたか？」

「たいしたことはありません」

「本当に？　無理にでも何か探してみてください」

「そうですね。強いて言えば……」瞳子は考え込んだ。

「強いて言えば？」

「職場がぎすぎすしてました」

「それはつまり、以前はそれほどぎすぎすしてなかったということですね」

「ええ。特別に仲が良かったということもないですが、あんなにはぎすぎすしてませんでした」

「何かあったのですか？」

「リストラです」

「いえ。これから大きなリストラがあるという噂が流れたんです」

「噂のレベルですか」

「噂でも大変ですよ。生活が掛かってますから。先生は事業主なので、その心配はないでしょうが」

「リストラはなくても、いつ仕事がなくなるかわからないので、自由業もそんなにいいものではないですよ」先生は笑った。

「この街一番の名探偵なのに？」

「そういうことになってますが、名探偵と言ってもドラマや小説の世界とは違いますからね。実際の犯罪は警察の担当です。我々が駆り出されることはまずない」

「じゃあ、先生のお仕事は何なんですか？」

「大きく三つですね。一つは警察が出るまでもない事件です。犯罪かどうかが微妙なレベルですね。週に一回だけ尋ねてくるストーカーがいるとか、午前八時頃にピアノを弾く音が煩《うるさ》くて眠れないとか」

「確かに微妙ですね」

「二つ目は被害者が事件にしたくない場合です。自分の会社から犯罪者を出したくない経営者とか、スキャンダルを畏《おそ》れる芸能人とか」

「そういうこともあるんでしょうね」

「そして、三つ目が警察の管轄外《かんかつがい》の事件です。つまり、国際的な謀略や、オカルト絡みの案件です」

「謀略とかオカルトとかいう単語を並べられると、なんだか人聞きが悪いですね。単なる妄想を持ち込まれているだけのような」

「単なる妄想なら、質《たち》がいい方ですよ。殆どが厄介な問題を孕《はら》んでいるものです。……それで、リストラの噂が流れて職場がぎすぎすして、次に何が起きました？」先生は話を元に戻した。

「業績悪化の責任の擦《なす》り付け合いです」

「責任は経営者にあるんでしょ？」

「経営者はそんなこと認めませんよ」

「業績悪化の責任者を見つけ出して、クビにすると言ったのですか？」

「そうははっきりとは言いません。ただ、『キャリアアップを目指す人のために転職支援の制度を作る計画がある』という告知がありました」

「転職支援？」

「辞めたい人は円満退職させてくれるということです」

「なるほど。で、辞めさせたい人間を名指しするという訳ですね」

「指名解雇は法律上、難しいらしいんです」

「じゃあ、どうするんですか？」

「噂によると、辞めて欲しい人には辞めるように誘導するそうですよ」

「そんなことできるんですか？」

「簡単に言うと、嫌がらせとか、虐《いじ》めとかですね」

「今時、そんなことをする方がまずいでしょう」

「本人がどう感じるかでしょうね。客観的には冗談やコミュニケーションの一環であっても、本人にとっては苦痛なことってあるでしょう。例えば朝礼で同じ人間に何度もスピーチさせたり、片道二時間近い職場に転勤させたり」

「それはOKなんですか？」

「まあ、グレーゾーンでしょうね。で、うちの職場の場合は、そこまで行くまでに、社員同士で潰しあいがあったんです」

「どういうことですか？」

「会社がターゲットを決める前に、何人か辞めてくれたら、新たにリストラを行う必要がなくなる訳です」

「つまり、社員同士が互いに辞めるように足を引っ張り合ったということですか？」

「はい」

「具体的にはどんなことですか？」

「小学生の嫌がらせのようなものです。机の上に汚れた雑巾《ぞうきん》を載せたり、作成途中の文書を勝手に削除したり、ロッカーに落書きしたり」

「大人がそんな幼稚なことをするんですか？」

「まあ、会社や職場によるでしょうけどね。わたしもそういう嫌がらせのターゲットになったのです」

「それは経営者の指示ですか？」

「わかりませんけど、たぶん違います。単にわたしのことが嫌いな同僚が何人か結託したんでしょう」

「あなたは仕事仲間の中で浮いていたということですか？」

「浮いていたというか、何でも正直に話すので、敵が多かっただけです」

「なるほど。それで、何が起こりました？」

「わたしに嫌がらせをしている首謀者を休憩室に呼び出しました。橋月《はしづき》という同僚の女性です」

「その女性が首謀者だというのはどうしてわかったんですか？」

「それはわかりますよ」

「だから、どうやって知ったのですか？」

「表情や目の動きでだいたいわかるでしょ」

「そんなものですか？」

「そんなものです。わたし勘がいいんです」

「呼び出して、何をしたんですか？」

「はっきりと言いました。『わたしへの嫌がらせを即刻止《や》めろ』って」

「相手は聞き入れてくれましたか？」

瞳子は首を振った。「『何の話かわからない』と恍《とぼ》けていました」

「何度も確認しますが、それは本当に何の話かわからなかったという可能性はありませんか？」

「その可能性はゼロです」

「どうして言い切れるのですか？」

「彼女の態度でわかりました。わたしの顔を見られないのか、目が泳いでいました。わたしは今までのことは許すから、これ以上わたしに関わらないようにと言ってやりました」

「それで、彼女の態度は変わりましたか？」

「いいえ。だから、わたしはもう一度彼女を呼び付けました。

『あなたいったいどういうつもり？』わたしは橋月を睨《にら》み付けました。

『だから、何の話か、全然わからないわ』彼女は恍け続けます。

『あなた、わたしのパソコンのハードディスクを壊したわよね。あれには大事なデータが入っていたのよ』

『ハードディスクがクラッシュすることなんか、普通にあるじゃない。そもそもバックアップを取っておかなかったあなたが悪いのよ』

『いちいちバックアップなんか取る人はいないわ。そんな暇ないの。忙しいんだから』

『わたしは取ってるわ。バックアップを取るのも仕事のうちよ』

『あなたは暇だからでしょ』

『仕事が早いだけよ。あなたみたいに仕事が遅い上、自分のミスを他人に擦り付けるような人間を忙しい人とは言わないのよ』橋月は立ち去ろうとしました。

『待ちなさいよ。まだ話は終わってないわ』

『あなたの暇つぶしに付き合っている時間はないわ』

『暇つぶしですって？』

『本当に忙しかったら、こんな難癖《なんくせ》付けている暇はないはずでしょ。自分で暇だと証明しているようなものだわ』

『これは暇つぶしじゃなくて、あなたに厭がらせをやめて欲しいって……』

『本当に使えない人』橋月は薄ら笑いを浮かべました。『みんな要らないって思ってるわ』

『何ですって？』

『だから、みんな思ってるのよ。あなたは迷惑だって。リストラの噂が流れているの知ってるでしょ？　誰かが辞めなければならないんだったら、要らない人が辞めるのが一番じゃないの？』

『出鱈目《でたらめ》だわ』

『出鱈目なんかじゃない。いつもみんなで、あなたのことを噂しているわ。中村さんなんか消えればいいのに、って』

『あんたこそ、消えてしまえ！』わたしはかっとして怒鳴ってしまいました。

すると、突然、橋月は喋らなくなりました。顔は無表情となり、まるでわたしが見えていないかのようでした。喩《たと》えるなら、突然存在感が希薄になり、空気の中に溶けだして消え入りそうだと言えばいいでしょうか。

彼女はくるりと踵《きびす》を返すと、すたすたと足音も立てずに休憩室から出ていきました」

「その時、休憩室には他の人もいましたか？」

「はい。わたしたちの他に二、三人いました」

「その人たちはあなたがたのやりとりに気付いていたようですか？」

「はい。わたしの剣幕に驚いたのか、こっちを見ていましたから」

「わかりました。話を続けてください」

「わたしは、そのまま事務室に戻りました。橋月は戻ってきませんでした。その日はそのまま姿を現さずじまいでした。

わたしは不思議に思ったのですが、職場の人間に彼女のことを尋ねるのもなんだか癪《しゃく》で、無視することにしました。

次の日も彼女は来ませんでした。おおかた、わたしと口喧嘩のようになったのが、ばつが悪いと思ったのだろうと、気にしませんでした。しかし、その次の日も、さらに次の日も彼女は現れませんでした。

そこで、ついに思い切って、昼食時に同僚に尋ねることにしました。

『最近、橋月さん、ずっと休んでるわね。何かあったのかしら？』

『えっ？』同僚は聞き返しました。『誰が休んでるって？』

『橋月さんよ』

『誰？』

『は・し・づ・き・さん』わたしは半ばふざけて、ひと文字ずつ区切って発音しました。

『ハ・シ・ヅ・キ？』同僚は同じように区切って答えました。『誰？』

『本気で言ってるの？』

『その人、どこの部署？』

『うちの部署に決まってるでしょ。ほら。この間、休憩室でわたしと揉めてたじゃない』

『う〜ん。誰のことかな？』

わたしは他の同僚にも尋ねました。『ねっ。橋月さんを知ってるでしょ』

その同僚は少し考え込んでいました。『ごめん。覚えてないわ』

『いや。覚えてないとかじゃなくて、いつも一緒に仕事しているから』

同僚たちは困ったように、互いに顔を見合わせていました。

『何？　わたしがおかしいってことになってるの？　ちょっと待ってよ。……わかったわ。事務室に戻れば、はっきりするわ』

わたしたちは昼食を早目に終わらせて、事務室に戻りました。

『ほら。この席が橋月さんの……』

その場所には机がありませんでした。それも、不自然にそこだけ空いているという訳ではありません。部屋全体のレイアウトが微妙にずれていて、橋月の机がないのが目立たないような感じです。まるで、最初からそこに机がなかったかのようでした。

『ここの机は？』わたしはみんなに尋ねました。

『ここに机が入る余地なんかないじゃない』

『いや。机の位置が少しずつずれているの。本当はこの列の机は全部もう少し窓側にあって……』

『それ、何かの冗談のつもり？』

『いやいやいやいや。そんなセンスの悪い冗談言わないから』

『だったら、もうやめて。ちょっと気味悪くなってきたから』

『ちょっと待ってね』わたしは課長の席に向かいました。『すみません。橋月さんの机はどうなったんですか？』

『えっ？　誰の机？』課長はぽかんとした顔でわたしを見ていました。

『いや。もういいです』わたしは自分の席に戻りました。

どうも腑《ふ》に落ちないことではありましたが、橋月がいなくなったことはわたしにとっても悪い事ではありません。彼女がいなくなったことをいちいち詮索《せんさく》しても何の得もないことは明らかです。ここはもう橋月は最初からいなかったということにしておけば、丸く収まるのだから、これ以上追及する必要はありません。

わたしは橋月のことを忘れることにしました。

橋月がいなくなれば平穏が訪れると思っていたのですが、どうやら違ったようでした。橋月の穴を埋めるように火田《ひだ》という女性が女子社員のリーダー格になったのです。

いや。橋月の穴を埋めたという実感はないようでした。むしろ、彼女は最初からリーダー格だったと女子社員達も本人も思っているようでした。

『あなたうざいわ』ある時、休憩室で、火田は面と向かって、わたしに言いました。『みんなに迷惑掛けているのわかってる？』

『わたしが何をしたって言うの？』

『むしろ、何もしてないから問題なのよ。大事な書類もなくしたんでしょ』

『あれは……』わたしは数日前の出来事を思い出しました。『机の上に置いていたものがいつの間にかなくなったのよ』

『へえ。そんな不思議なことがあるんだ』火田は口の端を曲げて笑いました。

その笑いでわたしは全てを察知しました。書類の紛失は彼女の仕業だったのです。

『どうして、そんな嫌がらせするの？』わたしは火田を睨み付けました。

『嫌がらせ？　何のこと？』

『書類を隠したのはあなたなんでしょ』

『何？　自分が書類を失くしたのに、それをわたしのせいにするの？』火田は半ば自分で悪事をばらしておきながら、表向きにはそれを否定して、わたしを動揺させようとしていたのです。

わたしは悔しくて、つい涙を流してしまいました。

『何？　泣けば済むと思ってるの？』火田はわたしを指差しました。『あんた、早くこの会社から消えなさいよ』

『あんたこそ、消えればいいのよ』わたしはそう呟くと、休憩室を後にしました。

次の日、わたしは事務室に火田がいないことに気付きました。

『火田さん、今日休みだっけ？』わたしは同僚に尋ねました。

『ヒダって誰？　って、前にもそんなこと言ってなかったっけ？』

『えっ？』

わたしは火田の机の場所を確認しにいきました。

やはり、机の位置が微妙にずれて、最初からそこに机がなかったかのようになっていました。

もはや、わたしは前のように騒ぎ立てはしませんでした。橋月と同じく火田も最初からいないことになっていたのです。人物が消えただけではなく、その人物が存在したという記憶まで消えてしまうのです」

「その二人に関する記憶が周囲の人間から消えたということですが、たとえば二人にもっと近しい人間——たとえば家族はどうなんでしょう？」

「家族の記憶も消えるようです」

「確認したのですか？」

「はい」

「直接家に出向いたのですか？」

「いいえ。偶然のことです。ある時、街で橋月の家族に出会ったのです」

「彼女の家族とは以前から親しかったのですか？」

「いいえ。その時まで兄弟がいるとは知りませんでしたが、わたしの方から声を掛けたのです」

「橋月さんの兄弟の反応はどうでした？」

「驚いたようでした。そして、しばらくわたしの話を聞いた後、自分には女の兄弟はいない、人違いだと答えました」

「その人の言う通り人違いではないのですか？」

「人違いではありません。苗字も確認しました」

「わかりました。話を続けてください」

「わたしは自分の身に起こったことについて、冷静に考えてみました。

人がいなくなることはよくあることですが、その存在の記憶まで消えてしまうなどという現象は聞いたことがありません。あり得ない現象が立て続けに起こったということは何か原因があるに違いありません。

二人の共通点は何か？　女性で、同じ職場で働いていること以外はたいして共通点はあるように思えません。橋月は三十代前半で未婚、火田は四十代半ばで既婚。もちろん、二人とも女子社員たちの陰のリーダーではありましたが、火田がリーダーになったのは、橋月がいなくなったことが原因です。もし陰のリーダーになることで消えてしまうのだとしたら、この職場から次々と女子社員が消えていくことになります。わたしはリーダー的な性格ではありませんが、そんなことが続くのならいつかは、その立場になってしまうことでしょう。そんな現象がとても続くとは思えませんでしたが、少し不安を覚えました。

それ以外の共通点はないかと考えました。そして、二人ともわたしを敵視していたという共通点に気付きました。

わたしを敵視すると消えてしまう？　いいえ。そんなことがありえるはずがないわ。

わたしは頭を振って、自分の脳裏に浮かんだその考えを振り払いました。

しばらくすると、係長の秋水《あきみず》のわたしへの態度が陰険になってきました。本来、係の全員に伝えなければならない連絡事項をわたしだけに伝えなかったことで、わたし一人会議に遅れたり、出張準備をしてこなかったりで、随分恥をかかされました。

『君、最近どうしたの？　ちょっとぼんやりし過ぎだよ』秋水はわざとみんなの前でわたしを注意します。

『あの。わたし、聞いてませんでした』

『何だって？』

『会議の件も出張の件も聞いてませんでした』

『そんなんじゃ困るんだよ。人の話はちゃんと聞くようにね』

『そういう意味じゃなくて、係長はわたしに連絡してないということです』

『それ、どういうことだ？』秋水はわざとらしく表情を変えました。『俺が連絡を忘れたって言いたいのか？』

『忘れたというか、そのわたしにだけ連絡をしてくれなかったというか……』

『俺が嫌がらせをしたって言うのか⁉』

わたしは恫喝《どうかつ》を受け、首を竦《すく》めながらも頷きました。

『これは驚きだよ。俺が嫌がらせをしてるって？　じゃあ、教えてくれよ。俺が君に嫌がらせをしなくちゃならない理由をさ』

『それは……』

『むしろ、これだけミスを続けられて、俺の方が嫌がらせされてるんじゃないかと勘繰ってるぐらいだよ。全くちゃんとしてくれよ』

わたしの方が正しいのはわかっていましたが、うまく言い返すことができません。秋水はわたしに連絡してきませんでした。しかし、その証拠はありません。当然です。連絡したのなら、メモなり、メールなりの証拠は残りますが、『連絡しなかったことの証拠』など存在するはずがないのです。

わたしは何も言い返せませんでしたが、とりあえず涙を見せることはしませんでした。

そして、一つ期待していることがありました。秋水はわたしを敵視しました。もし、橋月と火田の消えた理由がわたしを敵視したことだとしたら、秋水も消えてしまうはずです。

その日、わたしは秋水の消失を心待ちにしていました。だが、彼が消える気配はありませんでした。そして、その次の日も秋水は会社に現れ、わたしを罵倒《ばとう》しました。さらに、その次の日も。

いつしか、一週間が経っていました。

ひょっとすると、消えるのは女性だけなのかもしれない。それとも、他に条件があるのかしら？

わたしは毎日考え続けました。

ある日、定時間際に秋水はわたしの席にやってきて、分厚いファイルを大量においていきました。

『それ、明日の朝一で、提出しないといけない資料なんだけど、全部フォーマットがばらばらなんで、統一しておいてくれないか？』

『あの。元の電子ファイルはどこのフォルダにあるんでしょうか？』

『そんなのないよ。紙を見て自分で作ってくれ』

『でも、これ百枚以上ありますよね』

『そうかもな』

『今からではとても間に合いません』

『明日の朝九時まではまだ十六時間はあるのにか？　五分で一枚作ればなんとかなるだ

ろ』

『こんな手の込んだプレゼンテーションの資料を一枚五分で作るなんて、無理です』

『じゃあ、何ならできるんだ？　残業しちゃいけないってことはないんだぜ。それとも、何か？　定時になったら、すぐ消えるのが自分の仕事だとでも思ってるのか？』

消える？

そうだった。わたしはあの二人にそう命じたんだった。

一か八《ばち》か。試してみる価値はある。

わたしは秋水を指差しました。

『なんだ？　なんか文句あるのか？』

『あなたが消えてちょうだい』

『な……』秋水は一瞬激しい怒りの表情を見せましたが、突然無表情になりました。そして、席を立つとそのまま事務室から出ていきました。

わたしはほっとしました。

周囲を見ると、みんな何事もなかったかのように仕事をしています。

わたしは特に誰にも秋水のことを尋ねるようなことをしませんでした。

次の日、わたしはまた少し机がずれているのに気付きました。

そして、提出しなければならない資料のことで悩んでいると、同僚の男性から声を掛けられました。

『中村係長、この書類に捺印《なついん》お願いします』

わたしは腰を抜かすほど驚きました。それまでの人生でわたしは『長』と呼ばれたことはついぞなかったのです。

『わたしが係長？』

『ええそうですが』男性は怪訝《けげん》そうな顔をしました。

どうやら、秋水がいなくなったことで、わたしが係長ということになったようです。

わたしは書類を受け取ると、中身を確認するふりをしました。その書類自体初めて見るもので、仮令《たとえ》間違っていたとしても、わたしにわかるはずがありません。

わたしは徐に印鑑を取り出すと、捺印して、男性に返しました。

これでよかったのかしら？

どうも落ち着きません。係長としての仕事がいったい何なのか全く見当も付かなかったからです。

しかし、これで新しいことがわかりました。単にわたしに敵意を持っているだけでは何も起こらない。ただし、わたしが『消えろ』と命ずるとその人物は消えてしまうのです。

つまり、この現象は偶然起こっているのではなく、わたしの特殊能力だったということです。

わたしは思案しました。

この力はとてつもないものだけど、だからと言って、直ちにわたしに大きな利益を齎《もたら》すものではありません。確かに、わたしに嫌がらせをする三人を消したことは、わたしにとって有利なことでした。しかし、それはあくまで間接的な利益であって、この能力で直接金儲けをしたり、仕事を楽したり、ということはできそうにありません。

何かこの能力をうまく使うことはできないかしら？　その前にもうちょっと実験してみなくっちゃ。

わたしは事務室の中を見渡しました。

消した三人以上に邪魔な人間はいませんでした。しかし、実験のためには誰かを選ばなければなりません。

とりあえず、いなくなっては困る人物の方をピックアップすることにしました。つまり、パソコンに詳しい人や顧客に詳しい人がいなくなると、わたしの仕事に支障が出るので、除外します。それから、昼食に付き合ってくれる仲間もいなくなると、寂しいので除外します。自分の上司を消してしまうと、自分が自動的に出世してしまい、仕事の責任が重くなってしまうので、これも除外です。

残ったメンバーはまあ好きでも嫌いでもないし、わたしには直接役に立たない人たちでした。選択の基準としては、あとは見た目ぐらいしかありません。

わたしは見た目が一番冴えない木桜《きざくら》という若い男性を選びました。ほぼ新人と言ってもいいぐらいの歳でしたが、小太りで、頭髪がやや薄く、イケメンとはお世辞にも言えない容姿です。と言っても、わたし自身は特に嫌悪感を覚えていた訳ではありません。ただ、同じ部署の中で、消す人物を探すとなると彼ぐらいかなと思ったのです。

『木桜君、ちょっと来て』わたしは彼を呼びました。

『はい、係長。何ですか？』

木桜は慌てて、わたしの目の前にやってきました。

なるほど。上司になるってこういうことなのね。人に命令するって、ちょっとだけ気持ちいいわ。だけど、責任が増えるのは嫌ね。

『ええとね。今、あなた何してるんだっけ？』

『はい。先週、命じられた顧客向けのデータベース作りです』

それって、ないと困るのかしら？　だったら、消しちゃまずいんだけど、どうなの？

『できるのはいつぐらい？』

『もっと急げということでしょうか？』木桜は焦り出したようでした。

『いえ。単にいつぐらいまで掛かるか訊いているのよ』

木桜は少し安心したようでした。『そうですね。半年以内には目途《めど》が立つと思います』

半年も掛かるの？　だったら、すぐには必要ないってことね。半年も余裕があるのなら、今、この人が消えたとしても、誰かが引き継いでなんとかなるわ。

『木桜君、よく聞いて』

『はい』

『あなた、消えなさいよ』

木桜は一瞬悲しそうな顔をしましたが、すぐに無表情になり、そのままわたしの前から離れました。

わたし以外の誰も彼の行動を気に掛けてはいませんでした。

彼は一歩ごとにその存在感が希薄になっていきます。事務室の出口に到達したときには、殆ど空気のようになっていました。

わたしは彼の後を追って、出口に向かい、廊下を眺めました。

彼の姿は見当たりません。

事務室の中を振り返ると、すっかり彼の気配は薄らいで、殆ど残ってはいませんでした。

もはや、事務室の皆に木桜のことを訊くことすら思い付きませんでした。わたしはわくわくして仕方なかったのです。

わたしは誰でも好きな人間を消すことができるのです。ああ。言い回しがおかしくなりました。わたしは誰でも嫌いな人間を消すことができるのです。もちろん、それは中途半端な能力であることはわかっていましたが、少なくとも邪魔な人間を消すことができるのですから、わたしの人生は以前より改善することは間違いありません。

職場にいた極めて不愉快な三人はすでに消しています。残りはどうでもいい人たちばかりですが、厳密に言うと、『どちらかというといた方がいい人』と『どちらかというといない方がいい人』と『本当にどっちでもいい人』がいます。この中で『どちらかというといない方がいい人』はやっぱり消した方がいいような気がしてきました。彼らの存在は大きなストレスにはなりませんが、小さなストレスにはなる訳ですから、いないに越したことはありません。

わたしは『どちらかというといない方がいい人』のリストを作成しました。最初は直感に基づいて、適当に作ったのですが、しばらく時間を置いてから、本当にいなくなって困ることはないかと再検討し、何人かを削除しました。一度消滅した人間を復活できるかどうかわかりません。一度消した人間は二度と復活しないであろうということは覚悟しておいた方がいいと思い、もう一度再考して、消失するメンバーを決定します。

わたしは昼休みの間に、席を回って彼らに消えるように命じました。

消すにもこつがあって、じっと相手を見ているとなかなか消えず、意図的に相手を見ないようにして気配に気付かないでいると、いつの間にか消えていることがわかりました。

昼休みが終ると、事務室はかなりすっきりしていました。しかし、やはり誰もその変化に気付かないようです。

数日後、わたしは少々やり過ぎたかもしれないということに気付きました。仕事が全然終わらないのです。わたしだけではなく、部署全体に起こった現象です。部署のメンバーの約三分の一がいなくなったので、当然と言えば当然です。

『なんだか、最近突然忙しくなったわね』わたしと同じ係長の黒金《くろがね》が言いました。

彼女は職位が上ということで、それまであまり話をしたことがなかったのですが、今は同じ係長ということで、しょっちゅう話をする仲になっていました。

『なんだか、突然仕事量が五割増しぐらいになった感じだわ。そう思わない?』黒金は同意を求めてきました。

『そうね。きっと人が少な過ぎるのだわ。あと三割ぐらい増やして欲しいところね』

『それは無理ね』黒金は顔を顰《しか》めました。『会社はリストラをしたいんだもの』

『このうえ、まだリストラをするの？』

『ええ。会社の意向としてはね。でも、この部署の実態を見ると、それは不可能だということには気付いているようよ。だから、最近あまりリストラを言わなくなってはきたわね。ただ、経営者はわたしたちがサボタージュをしているのではないかと疑ってるみたいだわ』

『どうして、わたしたちがそんなことをする必要があるの？』

『もちろんないわ。だけど、何の理由もないのに、突然うちの部署の能率が落ちてきたんだから、そう勘繰るのも仕方ないわ』

どうやら、威勢よくメンバーを消し過ぎたのがよくなかったようです。

かと言って、元に戻そうにも方法がわかりません。

それから、わたしは消すのをしばらく控えることにしました。

黒金はそれからもしつこくわたしに仕事の能率が落ちていることと、サボタージュの疑いが掛けられていることを話してきました。どうやら、暗にわたしが悪いと言いたいようでした。わたしの指導が不適切であるため、係の仕事が滞っている。あるいは、わたしが直接サボタージュを指示していると勘繰っているようです。おそらくわたしの言動を探って、上に報告しているのでしょう。

以前なら、すぐに消し去ってしまうタイプの人間ではありましたが、その時点で、彼女を消すと、彼女の仕事がすべてわたしに回ってきそうでした。わたしは慣れない係長の仕事に殆ど手を付けられない状態でしたから、さらに仕事が増えては堪りません。彼女以外にもわたしを苛立たせる人は何人かいたのですが、もちろん彼らを消失させることはしませんでした。

せっかく素晴らしい能力を得たと思ったのも束の間でした。この能力は使い勝手があまりよくありません。

わたしは街に出ると、目に付いた適当な人物に近付いては、『消えろ』という気晴らしを始めました。

言われた人物はぎょっとしたような顔でわたしを見詰めます。当然です。わたしだって、突然街で見知らぬ人物からそんなことを言われたら、ぎょっとすることでしょう。そして、たいていは逃げるようにその場を去っていきます。稀に、しばらくわたしを睨み付けたり、怒鳴ったりする人間もいますが、わたしが相手にしなければ、しばらくすると去っていきます。

もちろん、わたしだって場所を弁《わきま》えています。この能力は瞬時に効果を表すことがないので、消えるまでに反撃を食らう可能性があります。だから、能力を使うのは、昼間の街の雑踏でと決めていました。さすがに衆人環視《しゅうじんかんし》下で暴力をふるう人間はいません。最悪、『ブス』だとか『バカ』だとか『変質者』だとかの暴言を吐かれることはありましたが、そんなことは気になりません。すぐに消える人間の戯言《たわごと》ですから。

わたしの呪詛を受けた人間は徐々に影が薄くなっていきます。しかし、そのことには本人も周りの人間も気付きません。単に透明化するのではなく、存在自体が希薄化するからです。たとえていうなら、道端の石ころのようなものです。石ころは存在感が希薄なので、そこにあっても誰も気付きません。存在が薄くなるということは存在感が薄くなるということでもあります。だから、彼らが消えていくこと自体が誰にも気付かれないのです。そして、最後には完全に消失します。消える最後はとてもうっすらとしているので、どの瞬間に消えたかをはっきり断言することはできません。本当に微かに心霊写真に写っている幽霊のようになって、見えたり、見えなかったりしているうちにいつの間にか完全に消失してしまうのです。

そうやって、街の人間を消しては憂さばらししている間に、職場に大きな変化が訪れました。うちの部署の能率が低下していることに業《ごう》を煮やした経営陣は、もっと大きな別の部署と統合することにしたのです。

仕事の量が減ることはありませんが、大人数で薄められることで、負担が全員に分散するので、なんとか吸収できるという算段でしょう。

わたしも煽りを食らって降格されることで、係長からはずされました。普通なら悲しむところかもしれませんが、わたしは重荷から解放された思いでした。

まず最初にやったことは、黒金を消すことでした。それに続いて、わたしを苛立たせた人間を次々と消していきました。もちろん、やり過ぎないように注意してです。気に食わない人間を消したとしても、自分の負担が増えたりしては元も子もないからです。

わたしは多少の不自由を感じながらも、そこそこ安泰に過ごせるようになっていました。

そんなある日、休憩室に座っていると、二人の人物が入ってきたのです。

一人は土海《つちうみ》という男性で、元々わたしたちの部署にいた人間です。そして、もう一人は山日《やまひ》という三十前後の女性でした。

二人は大きな声で話をしていましたが、やがてそれは言い争いになりました。それも、どうやら別れ話が拗《こじ》れてしまっているようでした。山日が土海に別れを告げたのを土海が納得できないようでした。

わたしは、会社の中で堂々と別れ話をしている二人に興味を持ちました。社内でリストラの嵐が吹き荒れている時に、こんな騒ぎを起こすのは相当不利なはずです。

ひょっとして、わたしの存在に気付いていないのかもしれないと思い、わたしは軽く咳払いをしました。

　土海はわたしの方を見ました。そして、山日を見て軽く首を振りました。今、この話はやめようという合図でしょう。

　しかし、山日は気付いたのかどうか、わたしの方をちらりとも見ないで、土海に辛辣《しんらつ》な言葉を投げかけ続けていました。それは傍《そば》で聞いているだけで、可哀そうになるぐらいで、土海の容姿から能力、人格に至るまで、すべてを否定するものでした。

『わかった』土海は蒼ざめて冷や汗をかきながら震えていました。『君がそこまで僕を嫌っているのなら、別れるしかないだろう。だけど、僕たちはこれからもこの職場で顔を合わせ続けなければならないんだ。こんな気まずい別れ方はしたくない。最後は笑顔でさよならをしてもいいかい？』

『駄目よ』山日は冷たく言い放ちました。『そんなことをしたら、反吐《へど》が出るわ』

『ええっ！』あまりのことに、わたしは声を出してしまいました。

『あなたは気にしなくていいわ。ええと……』山日はわたしに向かって言いました。

『中村です』

『ごめんなさい。びっくりしたみたいね。でも、気にする必要はないのよ』

『まあ。そうかもしれないですけど、社内でこんな話大丈夫なんでしょうか？』

『そうだよ。別に会社で別れ話なんかする必要はないだろ』土海が恨みがましく言いました。

『会社以外でしろってこと？　はっ！　そんなことをしたら、わざわざ会社の外であなたと待ち合わせしなくちゃならなくなるじゃないの』

『でも』わたしは口を挟んだ。『会社で別れ話を切り出したりしたら、みんなにわかってしまうじゃないですか。別れた後もずっと職場で顔を合わせることになりますし……』

『大丈夫よ。もう顔は合わせないから』

『どういう意味ですか？』

『彼は消えるのよ』

『えっ？』土海は驚いたようでした。『どういう意味だ？　僕が消えるって』

わたしはなぜか胸騒ぎを覚えました。

『それって、つまり土海さんが転勤するか退職するということですか？』わたしは思い切って尋ねました。

『ぼ、僕が退職⁉』土海は悲鳴のような声を出しました。

『いいえ。安心して』山日はうっすらと笑みを浮かべました。『そういうことではないから』

『では、どういうことなんですか？』わたしはさらに尋ねました。しつこいとは思いましたが、どうしても気になったのです。

『文字通りよ。彼は消えるの。消滅するってことよ』

『ま、まさか、僕を殺そうっていうんじゃないだろうな！』土海は怯えた目をしました。

『殺した場合は死体が残るじゃない。それに、わたしは犯罪者になってしまう。大丈夫。あなたは死んだりしない。ただ、消滅するだけ』

『何を言ってるんだ？』土海は言いました。

『すみません。ひょっとして、消滅するというのは……』わたしは疑念を解消しようと思いました。

『だから、あなたは何も心配する必要はないのよ』

『だって、土海さんが消滅するって……』

『彼が消滅したら、彼に関する記憶も消滅するから、今のやりとりも記憶から消えてしまうの。だから、心配する必要はない。と言うか、そもそも心配しようがないのよ』

『君は何を言ってるんだ？』土海が言いました。

『まあ、あなたたちには理解できないでしょうね。別に理解して貰う必要もないけど』

『わたしは理解できます』

『えっ？』山日は目を丸くしました。『そんなことを言ったのはあなたが初めてだわ。でも、理解できるというのは錯覚よ。あなたには理解できないはず』

『いえ。わたしには理解できるんです』

『僕には理解できないぞ』

『なんだか、会話を続けるのも面倒だわ』山日はうんざりとした様子で言いました。『さっさと片を付けるわね』

わたしは息を呑みました。

山日は土海を指差しました。『消えなさい』

わたしは小さな悲鳴を上げました。

土海は無表情のまま回れ右をすると、そのまま休憩室から出ていきました。

『いつからですか？』わたしは山日に尋ねました。

『なんのこと？』

『人間を消せるようになったのはいつからですか？』

『さあ。よく覚えてないけど、相当前じゃないかしら』

『それって、どういう能力なんですか？』

『さあ、知らないわ。ただ、わたしが面と向かって消えろというと、その人は消えてしまうのよ。周りの人間のその人に関する記憶も含めて』

『わたしもできるんです』

『何の話？』

『わたしも人間を消せるんです』

『あなた、頭、大丈夫？』山日は顔を顰めました。『本気でそんなこと言ってるの？』

『どういうことですか？』

『人間を消せるなんて真顔で言ってるなんて、精神を病んでいるとしか思えないわ。早目に病院に行くべきだわ』

『でも、山日さんも人を消せるんですよね』

『ええ』

『山日さんも精神を病んでると思われるんじゃないですか？』

『思われるかもね。あなたも思ってる？』

『最初は思いませんでした。でも、今はちょっと思ってます』

『そうでしょうね。でも、わたしは気にしないの。全然気にしないの』

『どうして、気にしないでいられるんですか？』

『だって、土海はもうすぐ消滅するんだから、土海に関する記憶も消えるのよ。この会話も土海に関するものだから、もうすぐ消えるのよ』

『もうすぐっていつですか？』

『もうすぐはもうすぐよ。今まで、正確な時間はあんまり気にしたことはなかったけど』

『ちょっと確認してみてもいいですか？』わたしは休憩室で雑誌を読んでいた同僚の一人に声を掛けた。『ごめん。ちょっと訊いていい？』

『ええ』

『土海さんってどう思う？』

『誰？』

『土海さん、さっきまでここにいた男の人』

『男の人なんて、いたかしら？』

『土海さんは知ってるわよね』

『ごめんなさい。知らないわ』彼女は再び雑誌に目を落とした。

『もう記憶は消えているみたいですよ』

『人によって、記憶が消えるまでの時間に長短があるのかもしれないわ』

『では、もう一つ確認してみます』

『何を確認するの？』

『確認というか、実験です』わたしは先程の同僚を指差しました。『あなた、消えなさいよ』

同僚はぽかんとした後、無表情になり、休憩室から出ていきました。

『今の何？』山日は本当に驚いたようでした。

『あなたがさっきやったのと同じことです』

山日は息を吸いこみました。

『まさか同じ力を持った人がこんな近くにいるとは想像もしませんでした』わたしは嬉しくなって話し続けました。

山日は悲鳴を上げました。

周りの人たちがわたしたちを見ました。

『それ以上、近寄らないで！』

『どうしたんです、山日さん』

『中村さんと言ったわね』

『はい』

『あなたは怪物よ』

あまりの言葉にわたしは返事ができませんでした。

『わたしをどうするつもりなの？』山日は恐怖で怯えていました。

『山日さん、どうしたんですか？』

『どうもこうもないわ。目の前に怪物がいるのに、呑気《のんき》にしてられる訳がないでしょ』

『わたしが怪物だとおっしゃるんですか？』わたしは彼女の様子に驚きました。

『自由に人間を消せる存在が怪物でなくて、何が怪物なの？』

『能力の他はいたって、普通の人間です』

『普通の人間？　じゃあ、訊くけど、あなたは今まで何人の人間を消したの？』山日は震えながら訊いてきました。

『そんなこといちいち覚えていません』

『覚えてない？　今、覚えてないと言ったの？』

『はい』

『あなたが消した人はみんなそれぞれの人生を持っていたのよ。それをあなたは消し去った。なんの敬意も払わずに』

『どうして、敬意を払ってないとわかるんですか？』

『敬意を払ってるんなら、少なくとも何人消したかぐらいは覚えているはずよ。そもそも、さっき、あなたはまるで、息をするかのように一人の人間を消し去った。到底敬意を払っているように見えなかったわ』

『ええ。確かにわたしは、深い意味もなく、人を消し去り、それに関しては特に罪悪感も感じていません。これはわたしが特に与えられた特別の能力なんだから、わたしがどう使おうがわたしに委《ゆだ》ねられているんですよ。そう思いませんか？』

『それは恐ろしいことよ、中村さん』

『じゃあ、逆に訊きますが、あなたは消した人間の数を覚えておられるんですか、山日さん？』

『もちろん、覚えてないわ』

『じゃあ、あなたも同じじゃないですか』

『ええ。わたしは人の心を持たない怪物よ。だからって、他の怪物の存在は容認できない』山日はわたしを睨み付けました。

『それって、勝手じゃないですか』

『ええ。勝手よ。わたしはわたしの幸せにしか関心がないの』

『わかりました。じゃあ、もう、わたしはあなたに関わりません。どうぞ、ご自由になさってください』

『そんな訳にはいかないわ。あなたはわたしの存在を知ってしまった』山日はわたしを指差した。

　わたしも慌てて山日を指差しました。

『これは早撃ち合戦にはならないわ』山日は言った。『相手を即死させせられないから、共倒れにしかならない』

『あるいは、同じような存在には効果がないかもしれない』

『試してみる気はないわ』山日は指を下げました。

『わたしも』わたしも指を下げました。

『わたしたちは共存できない』山日は言い切りました。

『決め付けるのは早いんじゃない？』

『わたしは自分の危険性がわかっている。自分のような存在が近くにいるのは耐えられない。だから、あなたも同じように感じているはず。わたしは常に消される危険と隣り合わせなのよ』

『共存する努力をする価値はあるんじゃない？』

『いいえ。努力なんてまっぴらよ』

『じゃあ、どうするの？　対決したら、共倒れになるわ』

『あなたがいなくなればいいのよ』山日が言いました。

わたしは目を見張りました。

今、わたし攻撃されたの？

『今のは効果ないわよ。〝いなくなる〟と〝消える〟は別の単語だもの』山日は慌てて言いました。『わたしが言いたいのは、会社を辞めてくれということよ』

『どうして、わたしが会社を辞めなければならないの？』

『理由はもう言ったわ。わたしたちは共存できないから』

『だったら、あなたが辞めればいいじゃない』

『嫌よ。今更、転職するなんて』

『だったら、わたしも嫌だわ』

『じゃあ、わたしと戦う？』

『共倒れになる危険を冒して？』

『ずっと、あなたと同じ職場にいるぐらいなら、一か八か勝負するわ』山日はわたしを睨み付けました。

『本気なの？』

『本気よ』

『そんなこと急に言われても、答えられる訳ないじゃない』

『じゃあ、三日だけ待つわ。もし三日経って、あなたが辞めるそぶりを見せなかったら、宣戦布告と見なすわ』彼女はそれだけ言うと、わたしを睨み付けながら、休憩室を去っていきました。

それが三日前のことです。

わたしはずっと悩み続けました。そして、タイムリミットが迫っている時に、あなたのことを思い出したんです。この街に高名な探偵が住んでいるということを。先日、会社のメンタルヘルス講習会で女性カウンセラーが配っていた資料にも先生の名前が載っていました。職場のどんなトラブルでも力になってくれると」

「お話はわかりました」先生は言った。「それで、ご依頼の内容は何でしょうか?」

「探っていただきたいのです。山日は単にはったりで言っているのか、それとも何か勝算があるのか。そして、勝算があるのなら、それはどんな方法なのか」

「それを知って、どうするんですか?」

「もし、はったりなら、会社を辞める必要はないので、居座るつもりです」

「もし彼女に勝算があったとしたら?」

「わたしもその方法を知れば、対等に持ち込めます。やはりわたしは会社を辞める必要がなくなります」

「なるほど。どちらにしても、あなたは会社を辞めるつもりがないということですね」

「当たり前でしょう」

「まず、最初にわたしの率直な意見を言ってもよろしいですか？」

「もちろんです」

「まず、あなたの話がすべて真実であると仮定しましょう」

「仮定ではなく、事実です」

「その判断はまず保留しましょう」先生は淡々と言った。「真実であると仮定するならば、あなたは会社を辞めるべきです」

「どうしてですか？　対決すべきだと思いませんか？」

「理由は単純です。まず、敵の言葉が単なるはったりかどうか、現時点では判断できません。ということは、はったりでないと考えるべきです。そして、彼女の勝算の中身も知り様がありません。そんな不利な戦いは避けるべきです」

「だから、はったりかどうかをあなたに調べて欲しいのです」

「自由に人間を消せる存在と対決しろとおっしゃるんですか？　それは無理な話ですね」

「いいえ。あなたは調べることになるわ」

「どうしてですか？」

「そうしないとわたしがあなたを消すから」瞳子はにやりと笑った。

「脅迫ですか？」

「脅迫ですよ」

「脅迫は犯罪ですよ」

「でも、実証できないでしょ」

「よろしい。次にあなたの話が真実でないと仮定しましょう」先生は瞳子の脅しがなかったかのように話を続けた。

「事実です」

「仮定の話です。真実でないと仮定するならは、会社を辞めるも辞めないもあなたの自由です」

「自由なら辞めないわ」

「でも、その場合は針のむしろですよ」

「どうして、そうなるんですか？」

「わたしの推理ではそうなります」

「その推理を聞かせていただけますか？」

「もちろん、よろしいです。まず、あなたに超能力があるということが真実でないとすると、いったい何が起こっているのかと考えるのです」

「そんな可能性はないでしょう」

「決め付けはよくありませんよ。ここに超能力を持っていると主張する人物がいる。そして、実際には超能力者でないとしましょう。どんな可能性がありますか？」

「その人物が嘘を吐いている」

「その可能性はありますね。でも、あなたは嘘を吐いていない。そうですね」

「もちろん。わたしは嘘なんか吐いていない」

「本来なら、まずその点を証明する必要がありますが、今回は省略します。なにしろ、依頼者はあなたで、あなたは自分自身が嘘を吐いていないことを知っていますからね。さて、超能力が存在しない。そして、あなたは嘘を吐いていない。となると、他の可能性は？」

「わたしの妄想だとおっしゃるんですね」

「妄想だと決め付ければ何もかも説明できてしまいます。しかし、今回の件をすべて妄想だとすると、あまりにも整合性が取れ過ぎています。だんだんと机が減っていくのに、不自然にならないようにレイアウトが変わっていく事務室など、完全に妄想の範疇《はんちゅう》を超えています。もしあなたが、さらに同僚たちを消していったら、さすがに事務室がすかすかになって不自然だったのでは？」

瞳子は頷いた。

「だから、二つの部署を統合して不自然になるのを防いだのです」

「何をおっしゃってるんですか？」

「あなたは騙されているんですよ、中村さん。いっぱい喰わされたのです。それがオッカムの剃刀《かみそり》が選択する最も単純な答えです」

＊

「どうして、そんなことをする必要があるんですか？」

「あなたの会社はリストラを進めているんでしょ。しかも、指名解雇はできない。あなたの証言から推測するに、あなたは職場で邪魔者扱いされている」

「それは極《ご》く一部の人間だけです。わたしを名指しで非難したのは」

「極一部の正直な人間だけだったのでは？　あなたを直接非難した人々は、あなたに特定のフレーズを言わせたかったのです。『消えろ』と。そして、あなたに消えろと言われた人物はその場から消える訳です。職場のメンバーは口裏を合わせて、『そんな人物は最初からいなかった』と答える。机もあなたがいない間に片付けた」

「わたしを騙すために、それだけの手間暇をかける意味がありません」

「確かに、嫌々やるには、手間が掛かり過ぎていますね。しかし、もし彼らが楽しんでいたとしたら？」

「どうして、楽しむんですか？」

「自分のことを超能力者だと思い込んでいるあなたが滑稽だったからです。それで、みんな溜飲《りゅういん》を下げていたのですよ」

「そんなはずはありません。騙されているなら、途中で気付くはずです」

「実際、彼らは結構危ない橋を渡っていたのです」

「どういうことですか？」

「あなたは街で橋月という方の兄弟に会ったとおっしゃってましたね」

「ええ。確かに会いましたよ」

「しかし、あなたは橋月さんに兄弟がいるとは知らなかった。では、どうして、その人物が橋月さんの兄弟だとわかったんですか？」

「それはそっくりだったからです。……一卵性双生児ですから」

「彼女は橋月さん本人だったのです。あなたに偶然見付かってしまったため、咄嗟《とっさ》に別人のふりをしたところ、あなたは彼女を本人の一卵性双生児の姉か妹だと思い込んでしまったので、それを利用したのでしょう。いやあ。冷や汗ものだったでしょうね。しかし、あなたは見事に引っ掛かった。これは、もう彼らが病み付きになっても仕方がないですね」

先生は羨ましそうに言った。

「もしそれが本当だったとして、いつまでこんなことを続けるつもりだったと言うんですか？」

「もう最終局面に入っていたと考えるべきですね。職場にあなたと同じ人間を消す能力を持つ人間が現れた。いきなり、そんな人物が現れたら、さすがにあなたでも、信じなかったでしょう。しかし、あなたはじっくりと時間を掛けて、超能力を信じるように下準備されてきた」

「つまり、山日の能力も作り話だったという訳ですか？」

「その通りです。あなたは自分の能力を信じているがゆえ、彼女の能力も信じざるを得なかった。彼女の挑戦を受けたあなたは一か八かの対決を避けて、会社を辞めるはずだ。そう踏んだのでしょう」

「もし、わたしが余所《よそ》でこのことをばらしたら、どうするつもりだったんでしょう？」

「そんなこと、誰も信じないと思ったのでしょう。正直なところ、わたし以外の人間がまともに相手をするとも思えませんね」

「でも、わたしは人間が消失していくところを確かに見ました」

「雑踏の中でですよね。あなたは自分には超能力があるという自己暗示にかかっていた。

人影に紛れたり、あなたが見失ったりしたのを超能力による消失だと思い込んでしまったのです。会社内での『存在感が希薄になる』という現象も、あなたの個人的な印象に過ぎません」

「だったら、これはどうなるの？」瞳子はスマホを先生に突き付けた。「ここに明確な物的証拠があるわ。この写真はここにいたあなたの助手よ。でも、その存在を覚えてないんでしょ」

「確かに、それは明確な物的証拠ですね。……彼女が存在するという」

「何を言ってるの？」

「彼女は消失していない。ずっとここにいる」先生は彼女の背後にいるわたしを指差した。

瞳子は振り返り、悲鳴を上げた。

「だけど、あなたはさっき彼女を知らないと……」

「あれは嘘です」

「嘘？」

「あなたに調子を合わせただけですよ」先生はにやにやと笑った。

「なぜ、そんなことを？」

「なぜって、その方が面白そうだったからに決まってるじゃないですか」先生は嬉しそうに両手を挙げた。

「途中、何度か話し掛けようとしたんですが、先生に目配せされて黙ったんです」わたしは申し訳ない気持ちで言った。

「わたし、会社の皆を警察に訴えます！」瞳子は強い怒りを感じ始めたようだった。

「これが犯罪を構成するかどうかはわからないですね。仮に警察に届け出たとしても、冗談だと言われたら、どうしようもない」

「じゃあ、わたしはどうすればいいんでしょうか？」瞳子は項垂《うなだ》れた。

「超能力は存在しません」先生は断言した。「だから、会社に残ってもあなたが消えることはありません。しかし、そんな職場でこれからずっと働けますか？　会社に残るのも辞めるのもあなたの自由です。さあ、じっくり考えてください」

「助言はいただけないのですか？」瞳子は呆然として言った。

「助言？　わたしの仕事は真実の追究です。どう行動するのが正しいかなんて知った事じゃありませんよ。ああ。請求書は後で送りますので、支払いはよろしく」

# 第三話　ダイエット

「君は痩せ過ぎと太り過ぎとどちらが醜いと思うかね？」突然先生が尋ねてきた。

「どちらも程度問題でしょう」わたしはとりあえず無難な答えを返しておいた。

「尤《もっと》もな意見だ。だが、本当にそうだろうか？　世の中には痩せ過ぎている人も太り過ぎている人もいる。だとしたら、太ろうと努力する人間と痩せようと努力する人間は同じぐらいいてもおかしくないはずだ。だが、世の人々は痩せようとする人間ばかりで、太ろうとする人間はまずいない」

「そんなことはないでしょう。痩せ過ぎのため、太るように医者から言われている人間はいるはずでしょう」

「それはいるはずだ。だが、テレビや雑誌の特集を見る限り、痩せる方法ばかりが取り上げられており、太るための方法が取り上げられることは皆無だ」

「それはまあ太り過ぎが多いからじゃありませんか？」

「ところが、そうとも限らないのだ。そういう番組のメインターゲットはどういう層だと思う？」

「そりゃあ、若い女性でしょう」

先生は頷いた。「厚生労働省の統計によると、日本の二十代から三十代の女性は肥満より痩せ過ぎの方が多いのだよ。先進国では異常なことだ」

「日本人の体質のせいじゃないですか？」

「同じアジアの国でも、このような傾向があるのは、日本やシンガポールなど極《ごく》一部だけなんだ。そもそも日本人が痩せ過ぎてしまう体質だとしたら、もっと太るための特集が組まれるはずだ。若い日本人女性は痩せ過ぎているにも拘わらず、さらに痩せようと思っているのだ」

「太っているよりは痩せ過ぎている方がいいんじゃないですか？」

「拒食症の十年以内の死亡率は五～十パーセントと言われている」

「本当ですか？　でも、拒食症なんてめったに罹《かか》らないでしょう」

「拒食症――正確には、神経性やせ症は標準体重の八十パーセントを切ってもまだ痩せようとしている症状のことだ。たとえば、身長百六十センチの女性が四十五キロ以下になろうとしていたら、それは拒食症なのだ」

「それだけ痩せていたら、充分な気もしますね。でも、そこまで痩せたなら、もっと痩せたいと思うのも女心じゃないでしょうか」

「そこで、踏みとどまるかどうかが生死を分けるのだ。そもそも、現代日本語には太り過ぎを罵倒する言葉はあっても、痩せ過ぎを罵倒する言葉はないだろう」

「どういうことです？」

「つまり、太り過ぎの『デブ』に対する痩せ過ぎの言葉がないのだ」

「ずばり、『ヤセ』じゃないですか？」

「それで、罵倒されている気がするか？」

「いや。たぶん褒められてる気がするでしょう」

「ほら、痩せ過ぎは罵倒されないんだ」

「では、『ガリガリ』は？」

「ちょっと、罵倒されている雰囲気はあるね。でも、ガリガリだと言われても、喜ぶ人は多いんじゃないか？」

「『骨皮筋右衛門《ほねかわすじえもん》』」

「今時、そんな言い方するやつはおらんだろ。さらに言うなら、太り過ぎは『肥満』と呼ばれるが、痩せ過ぎにはそういう言葉はない。専門用語では『羸痩《るいそう》』というらしいが、あまり知られていない。『痩身《そうしん》』と言う言葉もあるが、これもあまり否定的にはとらえられないだろう」

「『痩身術』とか言いますものね。『肥満術』は聞いたことがありませんが」

「そもそも『ダイエット』という言葉も健康を保つための食事療法のことなのに、今ではすっかり痩身法のことになっている」

「でも、太っているよりも痩せている方が綺麗になるじゃないですか」

「僕から言わせると、それは自己イメージがずれているんだよ。つまり、本来、最も美しい体型を『肥満』だと感じ、痩せ過ぎた状態を『美しい』と感じる。それも、どこかに最適点があるのではなく、痩せれば痩せる程美しいと感じている」

「でも、実際に痩せている人の方が美人ですよ」

「それって芸能人のことじゃないのかい？」

「ええ。まあ」

「彼らは、特別だ。痩せ過ぎても美しさを保つ工夫がなされている。しかし、一般人は別だ。痩せ過ぎると明らかに魅力を失う」

「そうでしょうか？」

「人というものは、基本的に太ったものに安心感を覚え、幸せな気分になるものだ。ゆるキャラはだいたい太っているし、人間や動物の赤ん坊もだいたい太っている。しかし、痩せ過ぎた者は不安感を与えるし、不幸せな気分にさせる。死神が髑髏《どくろ》の姿をしているように、痩せ過ぎた身体は死を連想させるのだ」

「それは大げさでしょう」

「大げさなものか。ミイラのようになった女性が、鏡で自分の姿を見て、うっとりとなっている写真を見たことがないか？」

「あれって、ＣＧじゃないんですか？　あんな状態だったら、立っているだけでも大変でしょう」

「本物だ。彼女たちは自分たちがまだ太っていると思っていて、さらに痩せればもっと美しくなると思っている。つまり、自己イメージの基準が全くずれてしまっているのだ。しかし、実際にあんな餓死寸前の人間を見たら、君だって吐き気がするだろう」

「確かに、太っている人を見ても、不快感を感じることはあまりありませんね」

その時、チャイムが鳴り、話が中断された。

「どうぞ。お入りください」先生は応えた。

依頼者が入ってきた時、あんな話題をしていたなんて、先生には予知能力があるのではないかと思った。

依頼者はふらふらと立っているのもやっとな状態で、事務所の中を歩いて、ソファに倒れ込むように座り込んだ。

はあはあと儚《はかな》げに息をするその様子を見て、わたしは猛烈な吐き気を覚えた。

「大丈夫ですか？」わたしは吐き気を堪えて尋ねた。

「大丈夫です。ちょっと眩暈《めまい》がしただけですから」

「冷えたジュースでも、お持ちしましょうか？」

「駄目よ!!」彼女は絶叫した。

「今、ジュースなんか出されたら、飲んでしまうわ!!」

「飲むと拙《まず》いんですか？」

「ええ。ジュースには糖分が含まれてますから」

この言葉に先生は目を輝かせた。好奇心を刺激されたようだ。「糖分は駄目なんですか？」

「はい。糖分はダイエットの大敵ですから」

「ダイエットをされてるんですね」先生は完全に食い付いたようだった。

「ええ。わたし、ちょっと太ってるでしょ」

「えっ!?」わたしは思わず声を上げてしまった。

先生はわたしを睨んだ。

何も言うな、という意味のようだ。

わたしは喉まで出掛かった言葉を飲み込んだ。

「悪いですが、水かお茶をいただけますか？」依頼者は掠《かす》れるような声で言った。

わたしは水に氷を入れて差し出した。

「それでは、お名前とご用件を」先生は言った。

「わたし、戸山弾美《はずみ》と申します。今日は調べて貰うためにやって参りました。カウンセリングの先生に勧められて」

「何を調べるんですか？」

「わたし、何か妙な薬を盛られてるんじゃないかと思うんです」

「どういうことですか？」

「何も食べないのに、どんどん太っていくんですもの。きっと何か太る薬を盛られてるんだわ」

「なるほど。興味深い」先生は笑いを堪えているようだった。

「太る薬ってあるんでしょ？」依頼者は疑問を口にしたようだ。

「食欲を増進させる薬は何種類も存在していますね」先生は言った。

「そうじゃなくて、水を飲んでも太る薬です」

「水を？」

「ええ。水だけでも、どんどん太るんです」

「そうですね」先生は弾美の身体を気味悪そうに眺めながら言った。「浮腫《むく》みを誘発する薬も何種類かあったと思いますよ」

「それって、水を飲んでも太るってことですか？」

先生は弾美から顔を背けた。笑っているのを見られないようにするためらしい。「ええ。そういうような現象が見られると言ってもいいでしょう」

「ああ。やっぱり」弾美は納得したようだった。「それって、水道とかに混入できるんですか？」

「水道？　ご自宅はマンションですか？　それとも、一戸建てですか？」

「マンションです」

「だとすると、水道に混入するためには、給水タンクに入れないといけないことになりますね。ある一定以上の濃度にするためには、相当量必要になります」

「じゃあ、相当な量を入れたんですね」

「ただ、そうだとすると、マンションの住人全員に影響が出ますね。マンション中に影響が出てますか？」

「そういうことでしたら、きっと出ていると思います」

「出てるんですか？」先生は目を丸くした。

「ええ。きっと」

「『きっと』というのは、何か根拠があってのことですか？」

「ええ。ありますとも」

「あるんですか⁉」わたしも目を丸くした。

「わたし、水しか飲んでないのに、この状態です」

「ええと」先生はぼりぼりと頭を掻いた。「他の方はどうなんですか？」

「他の方？」

「他の住人です。マンションの。さっきも申し上げたように、給水タンクに薬が混入したら、全住民に影響が出ますよね」

「えっ⁉　全住民に影響が出たんですか！　恐ろしい‼」弾美はがたがたと歯を鳴らして震え出した。

「いや。そういう影響が出ていないか、こちらがお聞きしているんですが」

「えっ⁉　わたしが調べなくっちゃいけないんですか？　調べるのは探偵の方だとばかり思ってました」

「もちろん、わざわざ調べる必要はありませんよ。もし知ってたら、お聞きしたいと思ったまでです」

「そうね」弾美は考え込んだ。「そう言えば、うちのマンションには太った人がいたわ。確か一階下の住人だったと思うけど。それから、何階に住んでいるのか知らないけど、よくエレベーターで、出会う人」

「はあ」先生はメモすら取らなかった。「水道混入の件は忘れてください。その可能性はまずないですすね」

「そうなんですか？」

「そうです」

「じゃあ、なぜ言ったんですか？」

「あなたが、水道混入の可能性を口にされたからです」

「わたしが？」

「はい」

「言いましたか？」

「言いました」

「わかりました。全部わたしのせいですね」弾美は俯《うつむ》いた。

「いや。誰のせいという訳ではありません。そういう性質の話ではありませんから」

「違うんですか？」

「違いますね」

「じゃあ、原因は何ですか？」

わたしは、あなたの精神状態よ、と言いそうになった。

「それはこれから究明しましょう」先生は言った。「ええと。体調の変化に気付かれたのは、いつぐらいでしょうか？」

「先月ぐらいかしら、わたし、自分がちょっと太っているのは認識してたんです。だから、まあ、時々ダイエットもしてたし、ダイエット自体にも関心がありました。いろいろなダイエットを試しましたよ。玉葱《たまねぎ》ダイエット、らっきょうダイエット、アスパラダイエット、蓮根《れんこん》ダイエット、オクラダイエット、ラーメンダイエット……」

「あっ。すみません。ダイエット方法をすべてリストアップする意味がありますか？」

「意味？」

「調査に関係がありそうかということです」

「関係がありそうかどうかは探偵が判断することではないですか？　依頼者の方で情報を選択しては駄目でしょう」

「なるほど。確かにそうだ。……わかりました。では、残りのダイエットを教えてください。」

「では、続きです。お掃除ダイエット、足つぼダイエット、ヨガダイエット、ストレッチダイエット、レコードダイエット、アロマダイエット、ゲルマニウムダイエット……」ダイエット法のリストアップは数分間に及んだ。「……セルライトダイエット、ボクシングダイエット、そしてハイパーマナダイエットです」

「以上ですか？」

「以上です」

「凄い数のダイエットを試されてるんですね」

「ええ。わたし、ダイエットマニアとしては、少し有名なんです。ブログへのアクセスが日に何百件もあるし、ブログを本にしないかって話も出てるんですよ。だから、今太ってしまうのはとても拙いんです」

なるほど。出版が懸かってるのか。

「わたしはダイエットに関しては素人なのですが、いくつか疑問があります」先生は無理にでも興味を持とうと頑張っているようだった。「例えばゲルマニウムダイエットというのは何ですか？　ゲルマニウムって、炭素族元素のゲルマニウムですか？」

「ゲルマニウムはゲルマニウムです。知らないんですか？　入浴剤にしたり、飲んだりすれば、疲労回復し、新陳代謝を活発にし、がんが治るんです」

「ゲルマニウムは健康にいいということはないでしょう」

「ご存知ないんですか？　常識ですよ」

「君、ゲルマニウムが身体にいいって話、知ってるかい？」先生はわたしに小声で尋ねた。

「ああ。だいたい詐欺《さぎ》ですね。むしろ有害だと思います。……依頼者に言った方がいいですか？」わたしも小声で答えた。

「ふむ。その必要はないだろう。今回の依頼内容と関係があるなら別だが」

「聞こえてますよ！」弾美は言った。「彼女は何も知らないんです。ゲルマニウムは本当に効くんですよ」

「わかりました」先生は愛想よく答えた。「彼女は誤解しているようなので、後でよく説明しておきます。あと、ハイパーマナというのは何ですか？」

「出エジプトの時に神がモーゼに与えた物質です。伝承によると、パンのような食物だと言われてますけど、それは間違いで食物ではないんです」

「食物ではないとすると、それは何なんですか？」

「体内を通り抜けることによって、身体にエネルギーを与えるのです。いっさい食物を口にせずに、何年も暮らすことができるのです。詳しくはわたしのブログを見ていただければばわかるんですが……」

「君、ハイパーマナって知ってるか？」先生はまた小声で尋ねた。

弾美はこちらをじっと見ていた。

「また、聞こえてるみたいですよ」

「それは構わない。知ってるかどうかだけ教えてくれ」

「全く聞いたこともありません。ただし、マナについては確かに旧約聖書に出てきます。林檎《りんご》説や茸《きのこ》説があります」

「聞こえてますよ。林檎だとか、茸だとかいうのは……」

「間違いですね」先生は言った。「わたしは正しく理解しています。彼女には後で説明しておきます。とりあえず様々なダイエット法を試してこられたことはわかりました。続きをお願いします」

「先月のことでした。その時は三日も何も食べてなかったのですが、体重がわずかに増えていたんです」

「それは確実なことですか？」

「ええ。いっさい何も口にしていません」

「そちらではなく、体重のことです。本当に増えていたのですか？」

「あきらかに増えていました」

「何キロぐらい増えていたのですか？」

「そういうキロとかには拘《こだわ》ってないのです」

「体重増えてたんですよね？」

「はい」

「ちゃんと測ったんですよね」

「はい」

「体重計でですよね」

「いいえ」

「体重計を使わずに測ったということですか？」

「はい」

「それはつまり、体重計ではなく、一般的な重量計を使ったということですか？」

「違いますよ」

「じゃあ、何キロ増えたかわからないですよね」

「だから、キロとかには拘ってないと言ってるじゃないですか」

「ええと、つまり、ポンドとか、貫《かん》とかの、キロ以外の単位を使ったということではないですよね」

「そんな単位知りません」

「一ポンドは四百五十四グラムで、一貫は三・七五キロです」

「なんで、そんな中途半端な単位があるんですか？」

「いや。キロを基準にしているから、中途半端に感じるだけであって、例えばポンドを基準にしたら、キロの方が中途半端になるんですよ」

「そんな、四百五十四グラムだなんて、中途半端な重さを基準にするなんて、考えられません」

「いや。だから、それは基準をどっちにとるかという話で……。いや。今の話は忘れてください。基準はキロで問題ありません」

「だから、わたしはキロには拘っていないのです」

「でも、キロには拘らないが、体重が増えたのはわかったと」

「はい」

「そして、体重計も体重計以外の重量計も使わなかったと」

「はい」

「じゃあ、何を使って、体重を測ったんですか？」

「鏡です」

「なるほど」先生はわたしの方を見た。「君、最近の鏡には体重測定機能が付いているものがあるのか？」

「さあ。聞いたことがありません」わたしは正直に答えた。

「戸山さん、実はわたしは鏡を使って体重を測定する方法を知らないのです。どういう方法なのか、ご教示いただけますか？」先生は弾美に尋ねた。

「特に難しいことはありません。自分の全身――できれば裸体が望ましいですが、別に着衣のままでも構いません――を映して、その印象で体重を決めるのです」

「それはつまり『見た感じ』ということですか？」

「はい」

「そうやって、体重が増えたと判断されたんですか？」

「はい」

「でも、その方法だと不正確でしょう」

「どうして、そう思われるんですか？　体重計の方が正確だというのは、単なる思い込みですよ」

「いや。ちゃんとした店で売っている体重計はだいたい正確でしょう」

「それはキロという単位で数字が表示されるから、正確だと錯覚しているだけなんです。数字は体重そのものとは別のものなんです」

「哲学的な話ですか？」

「そんな難しい事ではなく、数字は本質的じゃないということです。四十キロなら痩せていて、八十キロなら太っているというのは、本当ですか？　もし体内に四十キロの鉄の塊《かたまり》があったら、本当は痩せているのに、太っているということになるんですか？」

「それはまた極端な例ですね。体内に四十キロの鉄の塊がある人はまずいないでしょう」

「極端な例だとわかりやすいから言っているのです。同じ六十キロでも、脂肪が多い人と筋肉が多い人では話が違ってくるでしょう」

「だから、最近の体重計は脂肪率を測定できるようになってるんじゃないですか？」

「脂肪率だけじゃわからないこともたくさんあるんです。また、体温や血圧や脈拍など測定して数値化できる指標もありますが、血液検査をしてもわからないことは山ほどあるんです」

「それはそうでしょうね」

「そう言った無限にある指標を総合的に考えて初めて太っているか、どうかがわかるんです」

「でも、それは簡単には判断できないでしょう」

「ところが、人間の脳は素晴らしくできているんです。それらの数値を一瞬で総合的に判断してしまうんです」

「そうなんですか？」

「ええ。だから、姿をひと目見れば、その人の適正な体重と比較して、太り過ぎているのか、痩せ過ぎているのか、一瞬でわかるんです」

「つまり、どういうことですか？」

「鏡を見て『太ってる』と感じたら太り過ぎているし、『痩せている』と感じたら痩せ過ぎているということです。人間は見た目の印象を信じるべきです。体重計の数字に惑わされてはいけません」

「なるほど。じゃあ、わたしを見てどう思いますか？　太ってますか？　痩せてますか？」

「やや痩せ気味ですね」

「彼女はどう思いますか？」

「標準じゃないですか？　どちらかというとぽっちゃり系ですね。二人とも健康な状態だと思います」

「なるほど。他人に対しては、そんなに感覚はずれてないんだな」先生は呟いた。

弾美は気付かないのか、無視しているのか、先生の言葉に反応はなかった。

「あなた自身はどうですか？　健康的な状態ですか？」

「とりあえず、なんとか健康的な状態です。そちらの女性よりさらにぽっちゃりして、小太りの状態になってますが」

明らかに認知の歪《ゆが》みがあった。本来なら、すぐに精神科か心療内科を勧めるべきだが、先生はなんとか探偵として解決したいらしく、考え込んでいた。

「なるほど。あなたは小太りな訳だ。しかし、その状態が維持できるなら、別段問題ではないのでは？」

「現状維持なんて、とんでもありません。ここひと月ほど何も口にしていないのに、どんどん太っていっているんですよ。このままだと遠からず、肥満になってしまいます」

「ひと月も食べてないんですか？」

「ええ」

「だとすると、もう餓死寸前じゃないですか。……本来だったら」

「本来なら、そうです。だけど、ご覧のような状態なんです」

「ここに入って来られる時はふらふらされてましたけど、それについては自覚がありますか？」

「何ですか？　さっきからわたしを馬鹿にしてるんですか？」

「そういう訳ではありませんが、ご自分の体調をどの程度把握されているかを確認したいのですよ」

「昨日の夜、寝るのが遅かったので、多少睡眠不足気味なんです。だから、ちょっとふらついたのです」

「もし……もしですよ、ひと月間、何も食べていない人がいたとしたら、その人がふらついても、別に不思議ではないでしょう？」

「もちろん、そうです。ただ、そんな人はがりがりになっているはずですけどね」弾美は淡々と答えた。

「わたしから訊いてもいいですか？」わたしは尋ねた。

「何の質問ですか？」

「わたしたち二人の姿とご自分の姿を絵に描いて貰っていいですか？」

「いいですけど、それに何の意味があるんですか？」

「なるほど。それはいい考えかもしれない」先生は言った。「戸山さん、これはちょっとした実験です。つまり……人物を描写することにより、観察力が一時的に高まり、重要な事実を思い出しやすくなるという効果が知られているのです」

「本当？」彼女は疑いながらも、わたしが差し出した白紙に三人の姿を描いた。

先生とわたしの姿はほぼ正確と言えたが、彼女の姿はまるで違っていた。わたしたちよりやや太めにしか見えない。

なるほど。これが彼女の自己イメージだとすると、緊迫感が全くないのが理解できる。彼女は自分に生命の危機が迫っていることに気付いていないのだ。

やはりここは我々の管轄《かんかつ》ではない。

そう言おうと思って先生の方を見ると、何も喋るなという意味らしい目配せをしてきた。

先生がここから何をどう解決しようというのか、全く見当も付かなかったが、とりあえず先生に任せることにした。

「どうです？　納得できましたか？」弾美は不服そうに言った。

「もちろんです」先生は笑顔を見せた。嬉しくて嬉しくてしょうがないようだった。「ここからは我々の腕の見せ所となります。あなたの身に起きている現象について、もっと詳しく教えていただけますか？」

「詳しくと言っても、今まで話したことで全部ですが」

「今までのお話はあなたの主観的なものでした。そうではなく、客観的な情報を知りたいのです」

「誰かわたしの知り合いを呼んでこいということですか？」

「そこまで手間を掛けていただく必要はありません。あなたの周囲の人たちのあなたへの態度を知りたいのです。わかる範囲で構いません」

「周囲の人たちと言われても……」

「勤め先の人の反応はどうでしたか？」

「ここ数か月は休職しているので、同僚の反応はわかりません」

「休職されている理由は？」

「もちろんダイエットに専念したかったからです」

「ダイエットのために休職ですか？　会社の反応はどうでしたか？」

「だから、会社には行ってないので、よくわかりません」

「いや。だから、最初に休職するとあなたが言った時の上司の反応はどうでしたか？」

「さあ」

「例えばどんな表情をしていましたか？」

「電話だったんで、よくわかりません」

「電話で休職を申し出たんですか？」

「だって、休職しようって思い付いちゃったんですから。善は急げって言うじゃないですか」

「確かに、そう言いますね。それで、相手の反応は？」

「反応？」

「休職するとあなたが言った後、相手はなんと答えましたか？」

「ああ。なんか難しいことを言い出したから、切っちゃったんです」

「えっ？　じゃあ、許可は得てないかもしれないじゃないですか」

「許可？　そもそもわたしは何と言われようと休職するつもりだったので、許可とか関係ないですし、そんなことに時間を掛けるより、すぐにダイエットに集中したかったんです」

「なるほど。了解しました。ダイエットを思い付いた瞬間に完全集中に入った訳ですね。勤め先はダイエットに邪魔だったので、あなたの方から切ったと」

「あっ。切った訳じゃないです。わりと気に入った職場だったんで、ダイエットが終ったら、また働こうと思ってますし」

「それは相手の考えもあるんじゃないですか？」

「向こうが辞めろと言ったんじゃなくて、わたしが休職すると言ったんですから、会社にはわたしを辞めさせる理由はありません。だから、わたしがもう一度働くと言えば、すぐにまた働けるんです」弾美は断言した。

恐ろしい自信だ。だが、自信の強さは思い込みの強さでもある。

「なるほど。そうですね」先生はあっさりと弾美の言葉を受け入れた。

わたしは目を丸くして、先生を見詰めた。

「会社以外の交友関係はどうですか？」

「わたし、友達は作らないことにしてるんです。敢えてです」

「人間関係が煩《わずら》わしいからですか？」

「その通りです。そもそも人間関係なんか、ダイエットには何の役にも立ちません」

「その通りですね。ところで、交友とまではいかなくても、普段よく話す人はいませんか？　よく買い物をする店の店主とか店員とか、どんな感じですか？」

「ああ。マンションの前にあるコンビニの店長の印象があまりよくないですね。ちゃんと、人の顔を見て応対しないんですよ」

「あなたが来ると、どんな態度ですか？」

「わたしの方を見ていないふりをしますね。もちろん、ちらちらとわたしを見ているのは気付いています。レジに品物を置いても、わたしの目は見ずに、商品のバーコードを読み取り、金額を告げ、わたしが代金を支払うと、おつりを返してくれます」

「その間、ずっとあなたの顔を見ないんですね」

「はい」

「コンビニの店員たちはそれからどうしてますか？」

「わたしが店を出ようとすると、すぐ店員たちはひそひそと話を始めます。全てとは言いませんが、わたしたちが子供の頃は他人の陰口はかっこ悪い、とされてきました。それをおおっぴらに堂々と始めるのです」

「どんな内容でしたか？」

「それはわかりません。わたしはもう店の外に出ていましたので」

「では、どうして陰口だとわかるんですか？」

「そういう品性下劣なことをしている時は必ず顔に出ます。わたしはそれを感じとることができるのです」

「では、証拠はないのですね」

「証拠はあります。わたしの直感です」

「なるほど。他にはどうですか？」

「マンション内でよく顔を合わせる親子がいます。親はわたしより、十歳かそこら若いと思います。子供はまだ乳母車に乗っています。母親の方は子供を産んだにも拘わらず、随分ほっそりしていて、それが自慢のようでした」

「あなたはその親子を見掛けた時にはどうしていますか？」

「別に何もしません。そんな親子に関わっても何の得もないので」

「つまり、あなたの方はその親子を無視している訳ですね」

「無視なんかしていません」

「じゃあ、何ですか？」

「単に接触を避けているだけです」

「向こうはあなたを見てどんな反応をしますか？」

「最初は軽く会釈してきたのですが、そのうち反応はなくなっていきました。最近では、全く無視ですね。見て見ぬふりをされています」

「おそらくあなたは、そのマンションで禁忌《タブー》になっているのです」

「どういう意味ですか？」

「あなたはいないことになっているのです。マンションの中ではあなたをいないと見做すというルールが出来上がっているのでしょう」

「なぜ、わたしがそんな嫌がらせを受けなくてはならないのですか？」

「嫌がらせではなく、自衛措置でしょう」

「ますます意味がわかりません」

「それについては、追々《おいおい》説明いたします。まずはあなたの身に起こっていることを解明しなくてはなりません」先生はうまく言い逃れをした。「その親子以外によく会う人物はいませんか？」

「マンション内にはいませんね」

「マンションの住人に限定する必要はありません」

「いませんね。コンビニの店員についてはもう話しましたよね」

「友人や知人ではなく、単なる顔見知りでも構いませんよ」

「だから、いません」弾美は首を振った。

「集金の方はどうですか？」

「うちは基本的に支払いは銀行引き落としにしてるんで、集金には来ないんです」

「セールスマンは来ませんか？」

「オートロックマンションなので、来客以外は入れないため、セールスマンも来ません」

「宅配便はどうしていますか？」

「ああ。宅配便は来ますよ」

「配達係は顔見知りじゃないですか？」

「顔見知りと言えば、顔見知りかもしれないですが」

「配達係の中で、印象に残る人はいませんか？」

「印象？　配達係のことなんて、一々覚えたりはしないでしょう」

「些細《ささい》なことでも結構ですよ」

「だいたいあの人たち、帽子を深く被ってるし、マスクをしてるから、顔はよく見えないじゃないですか。体格もよく似てるし」

「ちょっと待ってください。マスクって何ですか？」

「風邪の予防などのために鼻と口を覆うものです」

「意味を聞いているわけじゃありません。今、あなたは、配達係はマスクをしてるとおっしゃいましたか？」

「ええ。最近、みんなしてるでしょ。感染症防止とかそういう条例ができたんじゃないですか？」

「君、僕はあまり気にしてなかったけど、最近そういうことになってるのかい？」先生はわたしに尋ねた。

「いいえ。中には、マスクを付けている人もいますが、付けていない人の方が多いですよ」

「ふむ」先生は考え込んだ。

「それって、わたしの家に来る宅配業者がマスクをしてるってことですか？　嫌がらせなんですか？」

「嫌がらせの可能性はゼロではありません。しかし、おそらく嫌がらせではないと思いますよ」

「どういうことですか？」

「結論を急がないでください。もう少し情報が必要です。ここ最近のことで構いません。宅配業者とトラブルを起こしたことはないですか？」

「ええと。……あっ。そう言えば……」

「あったんですか？」

「しばらく前ですが、頼んであった荷物がなかなか届かないので、ネットで配達状況を確認したら、配達済になってたんです」

「受け取ったのを忘れていたということはありませんか？」

「それは絶対にありません」

「それで、どうしました？」

「宅配会社に電話しました。そしたら、やはりすでに配達済だと言われました。受け取りにサインも貰ってると。だから、わたし、言ってやったんです。その宅配係をすぐに寄越せって」

「宅配係は来たんですか？」

「それからかなり経ってやってきました」

「どんな様子でした？」

「すみません、すみません、と平謝りです」

「受け取りの件はどう言ってました？」

「自分の勘違いだったと言ってました」

「その人物は帽子を目深《まぶか》に被って、マスクをしてたんですよね」

「はい」

「最初に宅配会社に電話したとき、気になったことはなかったですか？」

「特にないですね。ただ、覚えが悪いのか、耳が悪いのか、住所を何度も聞き返されるのに腹が立ちましたが」

「その時の荷物の中身を覚えていますか？」

「はい」

「食べ物ですか？」

「違います。ダイエット関連品です」

先生は突然黙り込んだ。

「どうしたんですか？」弾美が尋ねた。

「先生は何かの手掛かりを摑んだようです」わたしは答えた。

「今の話からですか？」

「たぶん、そうです」

「どの部分からですか？」弾美は不思議そうに尋ねた。

「さあ？　宅配便のくだりじゃないでしょうか？」

「宅配便の話のどの辺りでしょうか？

「わからないですね」

「わたしは無事ダイエットできるんでしょうか？」

わたしはぞっとして、弾美の身体を眺めた。「それは、わたしにはわかり兼ねますが」

「ダイエットができなかったら、ここに来た意味がないんです。解決できますよね」

「わたしの個人的な意見ですが……」

「何でしょうか？」

「ダイエットについては、できると思いますよ。ただ、ここではなく、別の所を当たった方がいいかもしれませんが」

「えっ？　どういうことですか？　解決できないんですか!?」

「おいおい」先生が言った。「適当なことを言うんじゃないよ。解決は可能だ。というか、もう解決した。謎はすべて解けたんだ。そして、戸山さんは無事ダイエットできるだろう。おそらくだけど」

＊

「戸山さん、あなたのダイエットブログは結構アクセスが多いということですね。そして、間もなく書籍化されるということですね」

「まあ、書籍化の話はまだ流動的ですけど」

弾美の身体を見たら、編集者はまずＯＫを出さないだろうが。

「あなたがブログに書いたことは影響力が大きいと考えていいですね」

「ええ。まあ、すでに世の中で知られたダイエット法については、たいした影響はないと思いますが、最近出来たばかりのダイエットジムだとか、ダイエット食品だとか、ダイエット器具だとかは、わたしの書き様によっては、売り上げに影響が出ると言われています」

「例えば、よく似たタイプの商品が競合している場合、あなたがそのどちらかに効果があると言い切ったら、もう一方の方の売り上げは落ちると考えていいんでしょうか？」

「そこまで影響力があるかどうかはわかりません」

「でも、そう思う人間がいてもおかしくない。違いますか？」

「まあ、そういう人はいるかもしれませんね」

「仮に、そのような人物がいるとしましょう。彼はダイエット製品の事業をしている。そして、ある日、あなたのブログを見ると、ライバル製品のモニターを始めている。もし、あなたの反応がその製品に対して、好意的であったとしたら、自社の製品が不利になってしまう。そう思い込む可能性はありますね」

「可能性はあると思います」

「その人物は、なんとかして、ライバル製品の邪魔をしたいと考えたとします。どんな手がありますか？」

「例えば、ブログを炎上させて、信用を無くさせるというのはどうでしょうか？」

「それも一つの方法です。ただ、それだとライバル製品に人気が出ないというだけで、自分が得する訳ではないですね」

「ブログを乗っ取って、この製品は効果がないと嘘の日記を公開すればどうでしょうか？」

「それは効果がありそうですね。ただ、ブログを乗っ取られた方は早々に気付かないでしょうか？」

「気付きますね。わたし、日に二回以上、ブログの更新をしていますから、だいたい半日ぐらいしかもたないと思います」

「もちろん、ブログの主であるあなたは、ブログが乗っ取られたことを公表するでしょうから、その間に書かれたことは、虚偽だということがばれてしまい、全くの逆効果になってしまいます」

「だとすると、うまい手はもう思い付きません」

「もっと単純な手があるでしょう。あなた自身にその製品に効果がないと書かせればいいのです」

「そんなことは不可能です」

「どうして、不可能だと言い切れるんですか？」

「わたしは脅しには屈しないからです。そもそも脅されてませんし」

「脅し以外にも方法があるんじゃないですか？」

弾美は考え込んだ。「そんな方法は思い付きません」

「しかし、犯人は実際にあなたに自分の意思通りの日記を書かせていますよ」

「どういうことですか？　わたしが操られているとでも言うのですか？」

「ある意味そうでしょうね」

「わたしは真実のみを書いています」

「あなたはそう思っている」先生は穏やかな調子で言った。「あなたが現在モニターしているダイエット製品は何ですか？」

「ハイパーマナです」

「ハイパーマナにダイエット効果ありとブログに書いていますか？」

「まさか。ここひと月の間、食料を何一つ口にしていないのに、どんどん太っていると言ってるではありませんか。ハイパーマナはダイエットには逆効果です。ブログにもそう書いています」

「ほら。犯人の思惑通りだ」

「でも、実際にハイパーマナには効果がないのですから、操られている訳ではありません」

「もし、実際にはハイパーマナに効果があって、あなたが効果がないと思い込まされているだけだとしたらどうしますか？」

「そんなことはあるはずがありません」

「なぜ、そう言い切れるんですか？」

「わたしは痩せていないからです。鏡を見れば明らかです」

「そう。あなたは太っている。しかし、ハイパーマナにはちゃんとダイエット効果があると言ったら信じますか？」

「そんなことはあり得ません」

「ところが、あるんですよ」先生は言い切った。「ハイパーマナにダイエット効果があるのに、あなたを太らせる方法が」

「どんな方法ですか？」

「あなたにハイパーマナだと偽って、別の製品を使わせるのです」

「それこそありえないわ。メーカーから宅配便で送られてきた製品を直接受け取ってるんですから。仮に、犯人が偽の製品を送ってきたとしても、必ず本物の製品が届くので気付くはずです」

「その点はクリアする方法があるのです。そもそも、もしあなたが本物のハイパーマナのみを使用していたとしたら、このような状況にはなっていないでしょう」

「どういうことですか？」

「あなたは、ここひと月、食物はいっさい口にしていないとおっしゃってましたね」

「はい。もちろん、水は飲んでますが」

「では、食べ物以外のものは何か口にしましたか？」先生は真顔で尋ねた。

「いや。食べ物以外は口にしないでしょ」わたしは反射的に突っ込んでしまった。

「もちろん、食べ物以外なら口にしましたよ」弾美は当然の如く答えた。

「えっ⁉　口にしたんですか？」わたしは啞然とした。

「でも、食べた訳じゃないですよ。食べ物じゃないから口に入れても食べた事にならないので」

「そういう理屈が通じるんですか？」わたしは目を丸くした。

「理屈も何も彼女がそう思っているんだから、仕方がない」先生は言った。「確かに、ハイパーマナは食べ物でないとするなら、口にしたのが本物のハイパーマナである限り、あなたはひと月の間、絶食していたことになる。しかし、そのハイパーマナが偽物で、実は高カロリーの食料だとしたらどうですか？」

「まさか……」

「思い出してください。ハイパーマナは何かの食べ物に似てませんでしたか？」

「そう言われてみれば、丸くて分厚くて、ソーセージや肉のような形をしたものがいっぱい乗っていて、チーズの味がして……見た目と味は冷凍ピザそっくりでした」

「それは冷凍ピザだわ！」わたしは叫んでしまった。

「まさか……」弾美は絶句した。

「そのまさかです」先生は静かに言った。

「じゃあ、わたし毎日冷凍ピザを二十枚も食べていたのね」弾美は言った。

「二十枚!!」さすがに先生も動揺の色を見せた。

「だって、一日で一箱食べないと効果がないって、説明書に書いてあったから」

「食べてて気付かなかったんですか？」わたしは素直に疑問を口にした。

「だって、凍ってたから、こんなものかなって。そもそもわたし、ハイパーマナを食べたことがなかったから」

「今、『食べた』っていいましたよね。ハイパーマナは食べ物じゃないのに」

「今のは言い間違いです。正しくは『口にした』です」弾美は言い張った。「しかし、どうやってハイパーマナと冷凍ピザをすり替えたんでしょうか？」

「それは彼女と宅配業者とのトラブルの話を聞いてすぐにわかった。あなたの家にやってきた配達係は本物ではない」

「つまり、偽の配達人がわたしの家に偽のハイパーマナを届けていたということですね。

でも、その場合、本物のハイパーマナはどうなったんですか？」

「本物は別の住所に届けられていたのです」

「でも、わたしは正しい住所をハイパーマナのメーカーに連絡しましたよ」

「そう。メーカーは正しい住所に向けて発送したのでしょう。だが、宅配業者は別の住所に届けた」

「ああ。あれですね。転居届」

先生は頷いた。「転居届を出せば、宅配業者は一定期間、自動的に旧住所から新住所に荷物を転送してくれるのだ」

「わたしは引っ越しなんかしていません」

「犯人が勝手に出したんでしょうね」先生は言った。

「他人の転居届なんか勝手に出せるんですか？」わたしは尋ねた。

「やろうと思えば出せる。だが、荷物が届かなくなってしまうので、すぐにばれてしまう。また、ばれた場合は犯人の住所もわかってしまうので、普通はあまり行われないんだ」

「わたしの場合、荷物はちゃんと届いてましたよ」弾美は言った。

「家に帰って荷物を調べてみてください。宛先ラベルの上にもう一つラベルが貼ってあるはずです」

「そう言えば、最近、ラベルが二重になってるなと思ってたんです。でも、正しい住所でしたよ」

「よく見ればわかると思います。上のラベルの５０２号室を６０２号室に修正してあるはずです」

「どういうことですか？」

「犯人は５０２号室を借りたのです。そして、６０２号室から５０２号室へ転居したという偽の転居届をあなたの名前で出したのです。ハイパーマナのメーカーがどの宅配業者を使うか決まっているのかもしれませんが、おそらく犯人は万が一のことを考え、主だった宅配業者全部に転居届を出したのでしょう。これで、あなたへの宅配便は６０２号室の宛名ラベルの上に５０２号室の宛名ラベルが貼られることになり、すべて犯人宅に転送されます」

「いや。宅配の荷物は全部うちに届いてましたよ」

「ええ。犯人が届けていたのです」

「犯人が!?」

「あなたはマンションの上の部屋に住んでいるので、宛名を６０２に修正して、一階分持って上がるだけです」

「宅配業者の制服を着ていましたよ」

「どうにかして手に入れたか、偽造したんでしょうね」

「全部の宅配業者の分を？」

「主だったところは数社しかないので、不可能ではないでしょう」

「どの宅配業者も同一人物が配達してたんですか？」

「だから、帽子を目深に被って、マスクをしていたのでしょう」

「荷物を全部すり替えていたということですか？」

「いや。すり替えたのは、ハイパーマナだけのはずです。その他はそのまま配達していたと考えられます」

「先生、今のは単なる推測ですか？　それとも、根拠はあるんですか？」わたしは尋ねた。

「根拠はある。戸山さんから遅配《ちはい》の話は聞いただろ」

「はい」

「犯人は荷物を受け取った後、なんらかのミスで戸山さんの家に配達できなかったんだよ。そして、遅配だと思った戸山さんが宅配業者に連絡した。戸山さん、住所の話が嚙み合わなかったとおっしゃってましたよね？」

「はい」

「それは転送先の住所とあなたの住所が微妙に違っていたからです。完全に違っていたら、何かおかしいと気付いたのでしょうが、ほぼ同じだったため、相手の聞き取りが悪いのだと思い込んでしまったのです。あなたのクレームを受けた宅配業者は犯人の家に配達係を送ったのです。そして、その時、犯人は自分のミスに気付いたはずです。おそらく犯人は本物の宅配係に適当なことを言って誤魔化した後、大急ぎで荷物をあなたの部屋に運んだのでしょう。万が一、あなたが疑って、もう一度宅配業者に連絡したら、話はさらに食い違うことになったでしょう。さすがに、そうなると、あなたは転居届のからくりに気付いたはずです。それを防ごうと、犯人は平謝りに謝って、あなたの怒りが静まるのを待つしかなかったのでしょう」

「まさか、そんなことが行われていたなんて……」弾美は気分が悪くなったようで、頭を抱えた。

「大丈夫ですか？」わたしは心配して尋ねた。

「はい。ちょっとショックを受けただけです。まさか、わたしへの荷物が全部見られていたなんて……」

「おそらく犯人は荷物の中身は見ていないでしょう。もちろん、ハイパーマナを除いてですが。ハイパーマナは冷凍ピザにすり替えられていたと考えられます」

「わたしはどうすればいいんでしょうか？」

「まずは宅配業者に連絡して、転送を中止して貰うことですね。それから、もし犯人を捕まえてほしいなら、警察に連絡してください。くれぐれも一人で乗り込んだりしないように。それほど、危険な人間ではないとは思いますが、人間、開き直ると何をするかわかりませんからね」

弾美は力が抜けたようにソファの背にもたれ掛かった。

どんとにぶい音がしてソファの後ろの足が折れた。

「体重を支えきれなかったか……」先生は軽く舌打ちをした。

わたしは弾美を持ち上げようとしたが、どうしても持ち上がらなかった。無理もない。おそらく彼女は二百キロ近くあるのだろう。

先生と二人掛かりでなんとか、弾美を立たせることができた。

「どうします？　救急車を呼びますか？」わたしは尋ねた。

「大丈夫……です。……独りで帰れます」弾美は今にも倒れそうな様子でふらふらと歩き出した。

一歩毎《ごと》に床がみしみしと今にも崩壊しそうな音を立てた。

弾美が帰った後、先生はぽつりと言った。「前言を撤回する。太っていても限度を超えてしまうと、微笑ましくはなくなってしまうもんだね」

# 第四話

# 食材

「凄い嵐だね」先生は窓の外を見詰めて、ぽつりと言った。

「台風何号でしたっけ？」わたしはさほど興味はなかったが、とりあえず先生に話を合わせた。

「違うよ」

「わたしの質問のどの部分が違うというのですか？」

「君はこの嵐を台風だと言った」

「台風でしょ」

「台風ではない」

「でも、昨日天気予報で、台風がこっちに向かってきていると言ってました」

「そう言ってたね」

「だったら、これは台風でしょ」

「いいや。もう台風じゃない。台風から変化したんだ」

「じゃあ、何なんですか？」

「温帯低気圧だ」

わたしは窓の外を見た。

ごうごうと凄まじい音を立てて風が吹き、傘やら看板やらビニールシートやらパイロンやらが飛び交っていた。

「どう見ても、風速十七メートル以下ということはなさそうですよ」

「そうだね。最大瞬間風速は四十メートル以上あるかもしれないね」

「じゃあ、定義上は台風じゃないですか」

「台風の定義は風速だけじゃないんだよ」

「それは初耳です」

「君、爆弾低気圧というのは聞いたことがないかい？」

「それはあります。ただ、気象庁では使わない気象用語でしたね」

「そう。気象庁では使用しないのだ。それにも拘わらず、マスコミで多用される用語なんだよ。なぜだかわかるかね？」

「わかりません」わたしは無駄なやり取りを避けるため、早々に降参することにした。

「便利だからだよ。明らかに暴風雨を伴っているのに、定義上、台風じゃないから『台風』とは呼べない。気象庁の言い方だと『急速に発達した低気圧』ということになるが、それだと今一つ、インパクトというか危機感がない。そこで、海外の研究者が使用している用語“bomb cyclone”を和訳して使うようになったのだ。これだとただならぬ感じがよく出ているだろ？」

「それで、台風と爆弾低気圧はどう違うのですか？」

「発生メカニズムだな。台風は熱帯低気圧で、爆弾低気圧は温帯低気圧だ。熱帯低気圧は暖かい海面から発生する上昇気流がエネルギー源だが、温帯低気圧は寒気と暖気のぶつかり合った場所で空気の温度差をエネルギー源として発生する」

「つまり、単に台風の風が弱まった場合には熱帯低気圧になって、寒気とぶつかって温度差からエネルギーを得るようになったら、温帯低気圧ということですか？」

「なかなか理解が早いね」

「じゃあ、今来ているのは、台風から変化した爆弾低気圧ということですね」

「違うよ」

先生のことだから、こういう展開は充分予想されたが、それでも結構苛立たしいことには変わりはない。

「じゃあ、何なんですか？」

「名前を付けるとしたら、『温帯低気圧』だね。もしくは単純に『嵐』かな」

「最大瞬間風速が四十メートル以上なのに？」

「台風の定義には風速が含まれるが、爆弾低気圧の定義には風速は入ってないんだ」

「じゃあ、何を以て爆弾低気圧と判断するんですか？　雨の量か何かですか？」

「気圧の変化だね。一時間当たり一ヘクトパスカル気圧が低下する状態が十二時間以上続いたら、爆弾低気圧だ」

「つまり、この低気圧は台風の状態で充分気圧が下がってから温帯低気圧になったので、爆弾低気圧の定義からはずれるということですか？」

「さすがだ。飲み込みが早いね。それでは、さっきの君の質問を正しい言い方にしてみようか？」

「元・台風何号でしたっけ？」わたしは面倒なのを堪えて尋ねた。

「知らんよ。台風にはあまり興味がないんで」

駄目。こんなことで怒っていては、この仕事は続けられない。

わたしは自分の精神の冷静な状態を保つために深呼吸をした。

激しく、ドアを叩く音がした。

「誰か来たみたいですね」

「ああ。しかし、なぜチャイムを使わないのだ？」

先生はドアカメラのスイッチを入れた。

四十歳前後の男女が映っている。きちんとした服装をしているが、全身びしょ濡れだ。

二人とも顔面蒼白だが、女性の方は泣いているようだった。

「彼らは相当慌てているようだ。特に男性の方。おそらく、チャイムが目に入らなかったので、ドアを叩いているんだ。普通なら、チャイムのボタンを探すはずだが、あまりに焦ったため、ボタンを見付けることができないらしい」先生はスピーカーのスイッチを入れた。「すぐ開けますので、しばらくお待ちください」

「という訳で、玄関まで出迎えにいってくれるかな？」先生はわたしに言った。

ドアを開けた途端、二人は飛び込んできた。

「探偵さんはどちらですか!?」男性はわたしの肩を摑んで揺すった。

「お、奥の事務室にいます」

二人はどたどたと事務室へと向かった。

わたしも慌てて二人の後を追う。

「千里《ちさと》を……娘の千里を探してください！」男性が叫んだ。

「あっ……うっ……あの子がっ……うっ……」女性はその場に泣き崩れた。

「ええと、何があったんでしょうか？　落ち着いてお話し下さい」

女性は号泣《ごうきゅう》を始めた。

男性はおろおろするばかりだった。

「お二人はご夫婦ですか？」先生は落ち着いた様子で尋ねた。

「あっ。はい」

「君、奥さんを応接室で休ませて差し上げなさい」先生はわたしに命じた。

女性は相当取り乱していたので、なんとか宥《なだ》めて、別室に連れていった。

ソファに座らせると、今まで興奮状態にあったことの反動か、突然ぐったりしてしまった。

失神したのかもしれないが、暴れられても困るので、とりあえずそのまま寝かせておくことにして、わたしは事務室に戻った。

「もう一度深呼吸してください。ちゃんと整理して話していただかないと、こちらも対処のしようがないのです。こちらにはどうして来られたのですか？」

「はい。とりあえず、目の前に高名な探偵事務所の看板があったので、藁《わら》にも縋《すが》る思いで飛び込んでしまったのです」

「つまり、差し迫った事情があって、うちに来られたのですか？」

「はい。その通りです」

「お二人のお名前を教えていただけますか？」

「わたしは大鐘達郎《おおかねたつろう》と申します。妻は久子《ひさこ》、娘は千里です」

「娘さんを探せということでしたが」

「さっきまで、一緒にいたのですが、突然いなくなってしまったのです」

「いなくなった？　それは尋常ではないですね」

「助けてください。千里はまだ七歳なのです」

わたしはそれを聞いて、すぐにメモを書いて先生に見せた。メモ書きにしたのは、依頼者の前で直接訊くと、どやされそうだったからだ。


子供が行方不明なら、まず警察に連絡すべきでは？


先生はメモ用紙をくしゃくしゃに丸めると、屑籠《くずかご》に放り込んだ。

どうやら、警察には知らせず、単独で解決するつもりらしい。褒められたことではないが、先生はこういうやり方で実績を積んできたのだ。

「お子さんがいなくなったのはどこですか？」

「ショズ・ビザールというレストランです」

「この近くですか？」

「駅前のビルの中に入っています。ここから歩いて五分ほどです」

「駅前ビルですか？」

「はい。駅前第十三ビルです」

「ああ。わかりました。そこの何階ですか？」

「二階になります」

「そこはいつも行かれているレストランですか？」

「今回が初めてでした。数週間ほど前に開店していたことは知っていたので、一度行こうと思っていたのですが、たまたま今日郵便受けに当日のみの優待券が入っていたので、行こうということになりました。」

「そのレストランにはどなたと行かれたのですか？」

「わたしと妻と娘の三人です」

「三人で同時に行かれたのですか？」

「いいえ。妻は買い物があったので、別々に家を出ていました。結局買い物が早く済んだので、妻が先に到着していました。ちょうどわたしと娘がビルの出入り口に着いた時、レストランの窓から妻が手を振るのが見えました」

「ということは、つまりあなたがたはビルの出入り口が見える位置に座ることになったのですね？」

「えっ？　ああ、そういうことになりますね。ただ、出入り口が見えたのは、妻の席からだけですね。わたしは背を向ける形になってたと思います」

「なるほど。で、あなたと娘さんはどうやって二階に上がったのですか？」

「そんな細かいことが必要なんですか？」

「それはわかりません。ただ、推理のためには、できるだけ細かい情報も集めておかなければならないのです。何が手掛かりになるかわかりませんので」

「わたしたちは最初エレベーターで上がろうと思ったのですが、あいにく食材業者が荷物を搬入《はんにゅう》しているところで、エレベーターが空いてなかったのです」

「客用のエレベーターで、食材を搬入していたのですか？」

「わたしもそのことが疑問だったので、その業者に尋ねたんです。どうやら、あのビルは相当古いビルで、出入り口も階段もエレベーターも一つずつしかないとのことでした。もっとも、二階に上がった後、レストランへの搬入専用の出入り口は客用の出入り口の横にあるそうです」

「ビルの出入り口が一つしかないというのは、防災上不安ですね。普通は二方向に避難できるはずですが」

「それについては、各テナントが窓から脱出するための縄梯子《なわばしご》や救助袋を用意しているから大丈夫だということでした」

「あなたがたは階段を上ったということですね」

「はい」

「店に入ったとき、何か変わったことはありませんでしたか？」

「気になったことは、客が全員いろいろなものを持っていたことです」

「いろいろなものと言いますと？」

「例えば、ある客は肉の包み紙を持っていました。また、ある客は鰹《かつお》を一匹持っていました。その他、野菜や茸など様々な食材を持っていたのです。二十席ほどの店でしたが、そうやって待っている客が十組はいたと思います」

「客が食材を持っていたのですか？　それは妙ですね」

「はい。わたしたちは店のことを何も知らずに入ったのですが、どうやらショズ・ビザールはそういうことを売りにしたレストランだったようです」

「そういうことと言いますと？」

「客が持ち込んだ食材をシェフが即興で料理するのです」

「珍しいスタイルですね」

「はい。わたしたちはそんなことをいっさい知らずに入ってしまったのです」

「食材を持ち込まないと、料理は食べられないのですか？」

「いいえ。そんなことはないようです。持ち込み食材を調理するのは、あくまでサービスの一環と言うことで、もちろん店側の用意した食材でも料理は提供されます。ただ、メニューはなく、シェフのお任せになるとのことでした」

「それはどういう理由でしょうか？」

「ほとんどの客が食材を持ち込むので、レストラン側で食材を大量に準備すると、過剰になってしまうため、保存している食材は最小限にしているそうなんです。だから、種類も少なく自由に選ぶことができないと言われました」

「では、やはり食材を持ってこないと、少し損な気がしますね」

「それは本来食材持ち込みの店なのだから、仕方がないのではないでしょうか？……そろそろ本題に入ってよろしいでしょうか？」大鐘は焦りの表情を見せた。

「お急ぎなのはもっともなことです」先生は言った。「しかし、初動は非常に重要なのです。ここで間違うと、それこそ取り返しのつかないことになります。冷静かつ迅速な判断のためには、充分な情報が必要なのです。食材は入る時に店に渡すのですか？」

「いいえ。テーブルの横に置いてある台車に載せるのです。台車上部の周囲には柵《さく》のようなものがついていて、食材が転げ落ちたり、逃げ出したりするのを防ぐ構造になっています。しばらくすると、店員がやってきて、台車を持っていってくれるんです」

「食材の調理の仕方も指定できるのですか？」

「ある程度希望に沿うとのことでしたが、やはり食材毎に最適の調理方法があるので、できればシェフに任せて貰いたいとのことでした」

「例えば、牛肉と言っても、最高級のものからスーパーの特売のものまでありますが、それぞれ別の料理になるのでしょうか？」

「詳しくはわかりませんが、わたしの見た限り、同じ牛肉料理と言っても、ステーキだったり、ワイン煮込みだったり、すき焼きだったり、ケバブだったり、いろいろでした」

「それは凄いですね。ただ、本当に持ち込まれた食材で調理しているのでしょうか？元々店にあった食材を調理したものを、持ち込まれたもので作ったと偽っている可能性はないのでしょうか？」

「珍しい食材でも、ちゃんと料理していたので、それはないと思います。例えば、捕ったばかりの鴨《かも》を持ち込んでいる人がいましたが、ほぼそのままの形で、丸焼きになっていました。食べている最中に猟銃の弾が出てきたと騒いでいました。それから、大鯰《おおなまず》を持ち込んだ人もいましたが、トムヤムスープと揚げ物になっていました」

「鴨や鯰はそれほど珍しい食材ではないでしょう」

「鰐《わに》を持ち込んだ人もいました」

「本物の鰐ですか？」

「だと思います。全長一メートルぐらいでしたが、半身を姿焼きにして、残りは握り寿司にしていました」

「鰐の握り……生肉ですか？」

「さあ、そこまでちょっとわかりませんね。あと名前はよくわかりませんが、目玉の大きい鮫《さめ》によく似た深海魚も姿造りになっていました」

「下手物《げてもの》も調理してくれるんですか？」

「今言ったのは下手物の部類ではないと思います。例えば、蛙《かえる》や蝸牛《かたつむり》を持ち込んだ人もいました」

「食用蛙やエスカルゴは下手物とは言わないでしょう」

「でも、食用蛙の活け造りとか、エスカルゴの踊り食いとかはあまり見ないでしょう」

「確かに、珍しいですが、衛生面が心配ですね」

「特殊な調理法なので、大丈夫だとのことでした」

先生は顔を顰《しか》めたままメモをとった。「他に気付いたことはありますか？」

「とにかく料理のレパートリーが多いということですね。生《なま》に近い状態でも、下拵《したごしら》えを済ませた状態でも、ちゃんとそれに適した形態の料理になって、戻ってきていました」

「例えば、殆《ほとん》どそのままの状態、つまり毛のついたままの動物とか、羽のついたままの鳥とかでも大丈夫なんですか？」

「それどころか、生きているものでも大丈夫ですよ。さっき食用蛙やエスカルゴの話をしたと思いますが」

「それって、両生類や魚介類だけの話ですよね」

「いや。鳥類や哺乳類《ほにゆうるい》もOKらしいですよ。生きたままの鶏《にわとり》とか、兎《うさぎ》とかを持ってきて台車に置いていている方もいました」

「つまり、店の中で、動物の殺処理をしているということですか？」

「そういうことでしょうね」

「食事の場の近くで、殺処理をするというのはいかがなもんでしょうか？」

「でも、魚とかは普通に板前が生きたまま捌《さば》きますよね？」

「魚は人間とかなり形態が違う上、あまり騒がないから大丈夫なんだと思います」

「もちろん、客から見える場所で、解体する訳じゃないですよ。店員に聞いたところ、調理場とも別に完全防音の食肉処理室があるそうです」

「それでも、さっきまで生きていたものだとちょっと違和感がありますね」

「ところが、調理方法がいいのか、料理がとてつもなく旨《うま》いので、あんまり気にならないということでした。兎、鶏以外にも、カナリアとか、栗鼠《りす》とか、ヌートリアとか、犬とか、猫を持ってきている人までいましたよ」

「家畜というよりはペットに近い動物もいるんですね」

「日本では、ペットですが、国によっては食べるところもあるんですよ。ただ、肉食動物は餌代が掛かるので、あまり食肉用には向いてないんですが。可愛がっているペットが病気や老衰で死に掛かった時に安楽死代わりに連れてくる人もいるとのことでした」

「自分のペットを食べるんですか？」

「さすがに、わたしもその感覚はちょっと信じられないのですが、ペットを食べることで、一体感を得るらしいです。ペットの身体が自分の血肉《けつにく》になる訳ですから、ずっと一緒に過ごせるという感覚なのでしょうか」

「しかし、調理されてから、後悔する人もいるんじゃないですか？」

「そう言えば、老婦人が店員と揉めていました。詳しく聞いた訳じゃないですが、その婦人が店に難癖を付けているような気がしましたね」

「どういった揉め事でした？」

「犬鍋など注文していないとか、ここに連れてきた子犬がいなくなったとか」

「どういうことなんでしょうか？」

「まず言い掛かりでしょう。わたしはその方が入って来てからの様子をずっと見ていましたが、店の側がおかしなことをした様子はありませんでした。

老婦人は子犬を抱きながら、店に入ってきて、椅子に座る前にきょろきょろと周囲を見回して、台車を見付けると、その中に子犬を置いて、雑誌を読み始めたのです。その後、店員がすぐにやってきて、台車を運んでいきました」

「老婦人が勘違いして、そこに犬を置いてしまったのではないですか？」

「まさか、そんなことはないでしょう。確かに食材用とは明記してありませんが、他の客たちの様子を見れば、それが食材用の台車だとわからない人がいるとは信じられません」

「そのやり方で、トラブルとかはないんですかね？」

「開店直後の時は、念の為、それが食材かどうかをいちいち確認をしていたらしいんですが、子猫を置いた若者グループがいて、『本当に猫を食べるんですか』と尋ねてひどく怒らせたことがあると言っていました。そんな言い方をすると、なんだか非難されているような気がすると。まあ、それはもっともな話だと思います。それ以降、どんなに可愛らしい動物が乗っていても、何も聞かずに調理するようになったそうです。まあ、万が一、間違って置いたとしても、百パーセント置いた側の過失ですから、店に文句を言う筋合いはないと思いますよ」

「それで、その老婦人はどうなったんですか？」

「店長を呼べと凄い剣幕でしたが、犬鍋を一口食べるともう夢中になって、店長が来る頃にはすっかりご機嫌になっていましたよ。『まあ、わたしも悪かったけど、これからは気をつけてね』とかなんとか言ってましたよ」

「なるほど。相当美味しいようですね」

「そうなんですよ。わたしたちはせっかくこんな珍しい店に来たのに、食材を持ってこなかったことを後悔しました。メインの肉や魚以外でも、野菜や果物でもよかったのです。サラダやデザートにして貰えますから。

『どうしよう？　出ようか？』わたしは妻に尋ねました。

『でも、もう座っちゃったし、今さら食べませんというのも失礼じゃないかしら？　ここに書いてある説明書きによると、食材なしでもシェフのお任せでお願いできるそうよ』

『どうしようかな？』

正直、わたしは迷っていました。この店のシステムを理解せずに入ったのは店や他の客に失礼だし、我々が随分場違いな気がしたのです。

しかし、娘はこのレストランがすっかり気に入ったようで、あちこちの食材を見て回って、生きている食材を撫ぜたり、つっついたりと大はしゃぎでした。せっかく楽しんでいるのに、今ここを出るといったら、がっかりするだろうなと思い、決心しました。

『じゃあ、お任せで行こうか』

わたしは注文を取りに来た店員に『お任せで』と注文しました。

『了解しております』店員は丁寧に答えました。『肉の焼き具合はいかがいたしましょうか？』

『わたしはレアで頼む』

『じゃあ、わたしはミディアムで』

『お飲物はいかがいたしましょう？』

『わたしと家内はワインで、娘は……おや。千里はどこだ？』

『さあ、トイレに行ったんじゃないのかしら？　さっきまで、台車で遊んでたけど』

『そうか。……あとの一つの飲み物は後でいいかな？』

『あっ。……はい』店員は少し困ったような顔をして厨房《ちゅうぼう》へと向かいました。

『なんだ、今の店員の態度は？』

『なんだか、戸惑っていたみたいね』

『マニュアルにないことに対応できないタイプだ。飲み物は全員の分を同時に訊くように言われていたのに、一人だけ後だと聞いて、混乱したんだろう。客商売にはあまり向かないね』

結局、飲み物が運ばれてきた時にも千里は戻ってきませんでした。

『店のトイレはどこにあるんだろうね』

『店の中じゃなくて、店の外にビルの共有のトイレがあったと思うわ』

『間違って、ビルから出てしまったんじゃないだろうな』

『大丈夫よ。わたしが見てるから』

やがて、前菜が運ばれてきました。茶色いポテトチップスのようなもので、店員は詳しく説明を始めましたが、店内が騒がしいのと、娘が心配で上《うわ》の空だったこともあって、殆ど聞き取れませんでした。何かの皮に味付けをしてかりかりに焦がしたものらしかったですが、これが今まで食べたことのないような不思議な味でした。歯応えが絶妙でほどよく弾力があるので、ばりばりと嚙み砕くこともできて、いっきに食欲が増進しました。

続いて、サラダ、スープ、パンと次々に出てきました。一応、本式のフランス料理のコースをなぞっているようです。これらも確かに味はいいのですが、前菜のような新味はなく、予想の範囲内でした。そして、また娘のことが気になり出しました。トイレにしては長過ぎます。

来る時にはそれほどでもなかったのですが、雨と風がだんだんと強くなり始めていました。

『一度トイレを見てきてくれないか？』わたしは妻に言いました。

『そうね。あまりに遅いわね』妻も少し心配になってきたようです。

ちょうど、その時、料理が運ばれてきました。

本来、魚料理であるべきですが、なぜか薄く切った生肉のようなものが出てきました。胸の肉を薄くスライスしたとか、そんな説明でした。

とりあえず、わたしは一切れ口に運びました。

不思議な一種の高貴さを持った風味が一瞬で口の中、いや、顔の中全体に広がります。

『なんだ、これは⁉』わたしは思わず声を上げてしまいました。

『どうしたの？　大声を出して』妻が尋ねます。

『いや。とりあえず、食べてみろ』

妻は半信半疑の様子で、口の中に入れます。

『まあ。これって……』

『旨いだろ』

『ええ。美味しいわ。でも……』

『どうした？』

『この味が気になるの』

『こんな味今までなかっただろ』

『ええ。食べたことはないわ。でも、この味を知っている気がするの』

『食べたことがないのに、知っているって？』

『ええ』

『それって矛盾してないか？』

『そうね。でも、そう感じるの』

『それはあまりに旨いから脳が混乱しているんじゃないか？』

『そうかもしれないけど、何か心の奥底でこれを食べちゃいけないって言っている気がするの』

『こんな旨いものを？』

『美味しいのには理由があるはずだわ』

『理由って何だよ？』

『わからない。だけど、よくないことのような気がする』

『そう言っている割に手と口は止まらないようだけど』

『ええ。悔しいけど、この料理、本当においしいわ』

そして、ソルベが運ばれてきました。

口に運ぶと、ほんのりと甘いのですが、それだけではなく、独特のこくと旨みが口の中に広がります。

そう言えば、店員が脳を冷やしたとか何とか、言っていたような気がしました。全く不思議な食べ物で、口の中でとろとろになるのですが、完全に液体になる訳ではなく、ずっと舌の上を漂い続けて、魅惑的なリズムをわたしの中枢に送り続けているようでした。

わたしも妻もただ黙々と食べ続け、十秒足らずで食べ終わってしまいました。しまった。もっとゆっくり食べればよかった。

わたしは後悔し、お代わりを頼むことができないかと真剣に考え始めました。

「ソルベだけを別に頼めばいいんじゃないんですか?」先生は言った。

「しかし、その店にはメニューがないのです。シェフにお任せで出して貰った料理なので、確実に注文する方法はないのです」

「その料理と同じ食材を持っていけばいいんじゃないですか?」

「残念ながら、ソルベの説明も聞きもらしてしまったのです。

そして、ついにメインの肉料理が出てきました。何かの丸焼きでしたが、頭部と手足のない状態でした。長さは三十センチほどだったでしょうか。脇腹辺りに大きな切れ込みがあり、そこを広げると、野菜や果物が詰め込まれていました。

えも言われぬ甘美な香りが漂い、一瞬でわたしの口中《こうちゅう》は唾液《だえき》で満たされました。香りだけで、全身の力が抜けていくようです。

ナイフを当ててみますと、まるでそこに何もないかのようにすっと吸い込まれるように通ります。そして、次の瞬間、濃厚な肉汁《にくじゅう》が切り口から溢れ出してきます。その肉汁は非常に澄んだ黄金色をしていて、その香りはスパイシーさと肉本来の香りとがミックスされ、どんな香辛料にも負けないものでした。

わたしたちは、食べるのが勿体ないような気がしましたが、ついに肉片を口に含めました。

それはもはや味覚ではありませんでした。すべての五感が同時に興奮し、全身を快楽が突き抜けていくようでした。脳の芯がじんじんとして、世界が薔薇色の霧に包まれて見えました。

妻も私も自然と笑顔になり、にこにこしながら、肉を貪《むさぼ》り続けました。

ああ。幸せだな。

前も見ると、幸せそうな妻の姿がありました。

妻が幸せでよかった。

家族が幸せでよかった。

きっと、千里も幸せ……。

そう千里だ。

わたしの頭の中の霧が晴れました。

『千里はどこだ？』わたしはへらへらと笑う妻に問い掛けました。

『はっ？』妻の目の焦点はまだ合っていませんでした。

『しっかりしろ。千里は戻って来たか？』

『千里……』妻の目の焦点が合いました。『そうだわ。千里がいないわ』

『本当にトイレなんだろうな』

『わたし、見て来るわ』妻は店員にトイレの場所を尋ねると、いったん店から出ていきました。

妻がいない間に、別の店員がやってきて、紙片を置いていきました。

勘定書きか？　ということはこれで、コースは終わりなのか？

店員を呼びとめようとした時に妻が戻ってきました。

『あなた、大変だわ。トイレにはいなかったわ』

『何だって！』

ひょっとして、店の外か？

わたしは玄関に向かって走り出しました。

『お客様！』店員が一人わたしの前に飛び出してきました。

『金なら、ちゃんと支払う。今は緊急事態なんだ』わたしは店員に言いました。

『お支払のことではございません。この雨の影響で、ビルの前の道路が陥没《かんぼつ》してしまいました。今、店を出ることはできません』

『何だって！』

わたしは席に戻ると、窓からビルの玄関の様子を確認しました。

確かに、店の前の道路が数メートルに亘って陥没していました。

これでは、車も台車も通過できないことは明らかでした。ただ、人が歩いて出るのは可能のように思いました。

『歩いていけば、なんとかなりそうだ』わたしは妻に言いました。『今から歩いて、この近所を探そうと思う。おまえはどうする？』

『わたしも探しに行くわ。でも……』

『何だ？』

『あの子はこのビルから出ていないわ』妻の目は何か恐ろしいものを見たように見開かれました。

『そうとは言えない。道路が陥没したのはついさっきだ』

『そうではなくて……』妻はがたがたと震え始めました。『ここはどんな食材でも調理するのよ。たとえそれが何であっても、客が持ち込んだものならすべて』

『ああ。その説明は店に入った時に聞いたよ。今はそれどころじゃないんだ』

『お客様、今、お帰りはお勧めできません』店員が言いました。

『緊急なんだ』わたしは財布から二、三枚の札を取り出し、店員に渡しました。『これでたりるだろう。釣りも領収書も要らない』

『お待ちください。すぐにお会計を済ませますので……』店員は慌ててレジに向かいました。

『あなた……』妻がわたしたちが座っていた席の方を指差しました。

別の店員がわたしたちの机の上の勘定書きを見ているようでした。背の高い色黒のがっしりした男です。

そして、わたしたちが出ていこうとしているのに気付き、紙片を持ってこちらに向かってきます。

勘定書きの事で揉めるのは避けたいと思いました。一刻を争う時ですから。

妻はまだがたがたと震えています。『逃げて……』

『えっ？』わたしは尋ねました。

『この人たちから逃げて。この店から逃げるの!!』妻の叫びは店中に広がりました。

客も店員もみんなわたしたちに注目していました。

店内の動きが一瞬止まりました。レジの店員も、わたしたちの席からこちらに向かってくる店員も。

『逃げるの!!』妻はわたしの手を引いて、豪雨の中に飛び出しました。

膝《ひざ》まで水に浸かりました。

『お客様、今は危険です!!』

店員の叫びを後にして、わたしたちはじゃぶじゃぶと水の中を進みました。

店員が危険だと言ったのはもっともでした。道路がすっかり水で覆われている上に、日が落ちてしまっているため、水中の様子は全くわからなくなっていたのです。この水の下のどこに側溝《そっこう》やマンホールの蓋が開いているかわかりません。側溝部分の水深は道路よりさらに深くなっているため、足をとられて流されてしまう危険が高いのです。運が悪ければ、起き上がることもできずに溺れてしまうかもしれません。また、洪水時にマンホールの蓋が外れてしまうことはよくあることで、その中に落ちたりしたら、まず助からないでしょう。

数歩進んだところで、わたしはいったんビルに戻ろうかと思いました。

『やはり無理だ。ビルに戻って助けを呼ぼう』

先に進んでいた妻はわたしの呼び掛けに応えて、振り返りました。そして、わたしの背後を見て、悲鳴を上げました。

先ほどの背の高い店員がじゃばじゃばとこちらに向かってきます。雨音でよく聞こえませんが、何かを怒鳴っていました。

『駄目。殺される。わたしたち家族みんな殺される』妻はうわ言のように掠《かす》れた声で言いました。

『いったい何を言ってるんだ？』

『逃げるの。あいつから逃げるのよ！』

どうやら、妻はわたしがまだ気付いていない何かに気付いたようでした。

先生は口を手で隠していたが、必死で笑いをこらえているのは肩の動きでわかった。

わたしは一瞬躊躇《ちゆうちよ》しましたが、妻を信じることに決めました。

『よし。行こう。俺の手をしっかり握るんだ』

二人がしっかりと手を繋いでいれば、たとえどちらかが深みに足をとられても、もう一方が引き上げられるかもしれないと思ったのです。

わたしたち二人は再びじゃばじゃばと水の中を進みました。

すると、背後でも水音がします。

振り向くと、背の高い黒いシルエットがこちらに猛スピードで進んでくるところでした。ばしゃばしゃと物凄い勢いで波を蹴立てて、まるでモーターボートのようでした。

わたしと妻は懸命に水の中を進みました。雨も猛烈で、全身ずぶ濡れです。

『あいつ、どうしてこんなに必死で追いかけてくるんだろう？』

『それだけの理由があるのよ。きっとわたしたち、あの店の常連かなにかと間違われたのよ。だから、あんな恐ろしいことになってしまったんだわ』

『恐ろしいこと？　何のことだ？』

『あなただって、気付いているんでしょ？』

『なんのことだか、全然わからない』

『あなたは、気付いていないふりをして、自分を騙しているのね』

妻はそう言いましたが、わたしには全く心当たりはありませんでした。

背の高い男は紙を振り回して、何かを怒鳴りました。

『でも、あの男はわたしたちが常連でもなんでもない初めての客だということに気付いてしまったのよ。そして、自分たちがとんでもない失敗をしでかしたことにも。だから、あやって必死に追いかけてきているのよ。捕まったら、最後だわ。わたしたち口封じされる』

『口封じって何だい？　口止め料か何かをくれるのか？　いったい、いくらぐらいなんだろう？　そんなに重要なことだったら、かなり高額なんじゃないか？』

『何言ってるの？　殺されるのよ』

妻がわたしたちが殺される可能性があると判断した根拠については全くわかりませんが、妻の口調からは強い確信が感じ取れました。

あいつに捕まると危ない。

わたしもこの時になって、今が極めて危険な状況だという認識が出てきました。

わたしたちは雨の中を歩いたり、転んだり、半ば泳いだりしながら進みました。

『一度、どこかの建物に入って休憩しようか？』

『駄目よ。随分進んだように思っているけど、わたしたち殆ど進んでいないのよ。あいつとの距離も殆ど開いていないわ。今、建物に入ったら、あいつもすぐに入ってきて、追い詰められてしまうわ』

振り返ってみると、妻の言う通り、背の高い男は目と鼻の先にいました。

『どうしよう？　もうそんなに長くはもたないぞ』

『とにかく、あいつの目の前から消えなくてはいけないわ』

『それはとても無理だ』

『歩いて、進もうとすればね』

『泳ぐのはもっと無理だ』

『泳ぐのではないわ』妻は思いつめたように言いました。『ここの水かなり早く流れているわ』

『ああ。近くの川が決壊したか、越流しているのかもしれないな』

『だとしたら、なんとかなるかもしれない。なんとかあの交差点まで進むのよ』

交差点は十数メートル程先にありました。

『あの交差点に何があるんだ？』

『あそこで流れが変わっているのがわかる？』

街灯に照らされて、黒い水の表面がぬらりと光っているため、水の流れの向きはなんとか捉えることができました。

『ああ』

『あの流れの先には確か事務所があったはずだわ』

『事務所？』

彼女は交差点に向けて、進んでいきます。

わたしも彼女の手を握ってあとに続きます。

数分かけて、なんとか交差点まで到達しました。

ふり帰ると、例の大男もあと数メートルのところに迫っていました。

『息を吸って』妻がわたしに命じました。

『えっ？』

妻はわたしの頭を押さえて、水没させました。

水面に顔を出そうとしましたが、妻が絡みつくので、手足の自由が利かなくなり、そのまま沈降《ちんこう》し、水流に流され、水の底を転げることになりました。

激流に巻き込まれ、意識が遠くなってきました。

そのとき、ごつんと頭が何かに当たりました。それはビルの一部でした。

妻と共に、ビルの壁に摑まり、身体を起こしました。

湿気を帯びた空気がいっきに肺に入ってきました。

『あの男はまだわたしたちがここまで流されたのに気付いていないわ。すぐこのビルに入って』妻は身体を屈めて、目の前のビルのドアを開けて、中に入り込みました。

同じく、わたしも後に続きました。

水中に潜ることにより、男の目から姿を消すと同時にわざと水に流されて、いっきに百メートル近く移動することに成功したのです。

ビルの一階にはすでに相当水が入り込んでいましたが、地面より少し高くなっているので、水位はくるぶし程度でした。

雑居ビルのようで、様々な企業の事務所や営業所の扉が並んでいます。

『これからどうしよう』わたしは妻に問い掛けました。

突然、妻は指を喉の奥に突っ込みました。

『何をしているんだ？』

妻はさっき食べたものを水の中に吐き出しました。

『わっ！　何なんだよ？』

『あなたは吐かなくていいの？』

『毒でも入っていたというのか？』

『毒？　そんなものじゃないわ。身体は平気よ。だけど、心はもうもたないかもしれない』妻はそういうとふらつきました。

先生はとうとう声を出して笑ってしまったが、咳で誤魔化したので、大鐘は気付かなかったようだ。

『おい。大丈夫か？』

『全然、大丈夫じゃない。いい？　よく聞いて。このビルの中に高名な探偵事務所があるの』妻は標示板を指差しました。

妻が言ったのは、この事務所のことです。

『もし、わたしが正気を保っていられなくなったら、あなたがこの探偵事務所に依頼して頂戴』

『わかった。千里の捜索を依頼すればいいんだな』

妻はげらげらと笑い出しました。『千里の捜索ですって？　あなた何を言ってるの？自分が何を食べたと思ってるの？』

そういうと、突然力が抜けたようになって、俯きました。

わたしは妻の様子に驚いて、とにかく二人で、あなたに会おうと、この階まで辿り着いたのです」

「実に興味深い」先生は目を輝かせた。「特に、奥様は素晴らしい。素晴らしい推理力で、真相のすぐ傍まで辿り着いたようです」

「すぐ傍？」

「ええ。残念ながら、真相には辿り着いておられませんが」

「ということはあなたはすでに真相に辿り着いたのですか？」

「はい。もちろん、事件のすべてを知っている訳ではありません。部分的には、想像で補っています。だが、その部分はおそらく重要ではないので、事実上問題はありません」

「しかし、あなたは現場の調査もされていない。わたしの話を聞いただけではありませんか」

「推理の材料は主に二つです。一つはあなたが直接見聞きした事です。これには、結構重要なポイントが含まれていました」

「わたしは決定的なことは何も見ていないのですが」

「いいえ。あなたは極めて重要なことをご覧になっています。ただ、ご自分ではそれと気付いていないだけなのです」

「そんなものでしょうか？　それで、もう一つは？」

「奥様のご覧になったことです」

「しかし、妻は現在気を失っておりますが」

「直接伺う必要はありません。奥様の言動はあなたからお聞きしました。つまり、間接的に奥様からお聞きしたも同然です」

「彼女はただ不可解な行動をとっただけではないですか。どうして、それから事件の真相がわかるのでしょうか？」

「あなたが見聞きしたことと、奥様の言動を組み合わせるだけです。そうすれば、事件の全貌は明らかとなります」

「そう言われましても、わたしには皆目見当が付きません」

「一つお尋ねしてもいいですか？」

「はい」

「あなたは資産家ですね」

「わたし自身は大して資産は持っていません。ただ、実家は資産家といってもいいと思います」

「あなたがその気になれば、ある程度の資金は調達できると考えていいのですね」

「まあ。そういうことになるでしょうか」

「あなたはお嬢さんがどうなったとお思いですか？」

「おそらく、ビルから出て行ってしまったのでしょう。本人の意思か、強制的にかはわかりませんが」

「いいえ。お嬢さんはビルから出ていませんよ」

「どうしてそんなことが言えるのですか？」

「奥様の証言です。『あの子はビルから出ていない』と断言されたのでしょう？」

「ええ。確かに。でも、だからと言って、娘がビルから出ていないという証拠にはならないでしょう」

「いいえ。これは立派な証拠です」

「妻の直感に基づいて推理されるのですか？」

「直感ではありません。観察の結果です」

「失礼ですが、あなたの話は全く理解できません」

「わかりました。順序だって、説明いたしましょう」

＊

「そのレストランにはまず奥様が到着して、あなたとお嬢さんは後から到着した。間違いありませんね」

「はい」

「その時、あなたとお嬢さんがビルに入る前に奥様は気が付かれて手を振ってきたとおっしゃいましたね」

「はい」

「奥様はどうして、あなたがたに気付かれたのでしょう？」

「それはもちろん、窓を通して、妻の席からビルの出入り口が見えていたからです」

「そう。これが重要なポイントです。そして、もう一つの重要なポイントはあなたが業者から聞いたことです。あのビルには出入り口が一つしかない」

「はい。……なるほど」

「奥様は一つしかない出入り口をずっと見ている状態だったのです。特に、お子様のことを気にかけておられるなら、そこから出ていったことに気付かれたはずです。もちろん、窓や屋上から出ていくということも可能ですが、さすがに街中のビルでそんなことをすれば目立ってしまいますし、特に今日は嵐が来ていますから、わざわざそんな危険な行動はとらないでしょう」

「しかし、あの後わたしたちはあのビルから出てここにやってきました。その間に、あのビルから外に出たという可能性はありませんか？」

「七歳の少女がこの洪水の中、外に出ることは不可能でしょう」

「誰かに連れられて出たとしたら？」

「お話によると、あなたがたはちょっとした騒ぎを起こして、店を出られたようです。したがって、怪しまれずに少女を連れてあのビルを出るには、何か箱のようなものに彼女を入れる必要がありますが、この嵐の中、乗用車も使えない状況では、まず連れ出すことは不可能でしょう。確か、ビルの前の道路が陥没したとおっしゃってましたね」

「ということはつまり、千里はまだあのビルの中のどこかにいるということでしょうか？」

「そういうことになりますね」

「いったい千里に何が起こったのですか？」

「お嬢さんは誘拐されたのです」

「誘拐？　どうしてまた」

「あなたのご実家は資産家とのことでしたね。理由はそれで充分でしょう。世の中には、金が欲しくて、良心を持たない人間は大勢います」

「しかし、それだけでは誘拐と断定できないでしょう」

「その通りです。誘拐と断定するには、まだ証拠が足りない。しかし、あなたのお話の中にヒントがありました」

「ヒント？」

「あなた方を追ってきた男がいたとおっしゃいましたね」

「ええ。背の高い大男です。お話ししたように、うまくまいて、ここに辿り着いたのです」

「彼から逃れるべきではなかった」

「なんですって？」

「彼らがあなた方を追ったのには理由があるはずです。その理由がわかれば自ずから事実関係が明確になったはずです」

「しかし、妻は命の危険を感じていました」

「その奥さんの予感には何か根拠があったのでしょうか？」

玄関のチャイムが鳴った。

今度の来客はチャイムを見付け出すぐらいの余裕はあるらしい。

先生は、ドアカメラで訪問者の姿を確認した。

背の高いずぶ濡れの男が息を切らしていた。

依頼者――大鐘は息を飲んだ。「こいつです。こいつが犯人です」

「この男性が犯人である可能性は極めて小さいと思われます」

「どうしてですか？」

「もし彼が犯人だとしたら、わざわざ探偵事務所にやってきますか？　このビルには、ドアカメラ以外にも、様々な防犯カメラが取り付けてあります。もし彼が犯人だとしたら、相当間抜けです」先生はわたしの方を向いた。「あの人を中に入れてくれないか。大鐘さんに渡すものがあるはずだ」

ずぶ濡れの大男ははあはあと息を切らしていた。

「部屋の中を濡らしてしまってすみません」見かけによらず礼儀正しいようだ。

「いやいや。部屋の中はすでに濡れているので、別に構わないのだよ」先生は言った。

「そんなことより例の紙は持っているのかい？」

「例の紙？」大鐘が尋ねた。

「この男性はそれを持って、あなた方を追い掛けてきたんでしょ」

「あれはただの勘定書きですよ」

「勘定書き？　とんでもない」大男は懐《ふところ》に手を突っ込んだ。

「ひゃあ！　やっぱり殺される！」大鐘はソファの後ろに隠れた。

「殺す？　何のことですか？」大男は震える大鐘をきょとんと見詰めていた。

「なに、気にすることはないさ。単なる勘違いだよ」

「それならいいんですがね」大男は懐から紙を取り出した。「お二人がおられた席にこんなものがあったので、慌ててお届けしようと思ったのです」

先生は男から貰った紙を机の上に広げた。

水に濡れてはいたが、滲《にじ》みはそれほど酷くなく、充分に判読できた。


娘は預かった。

娘の命が大事ならば、一時間以内にスイス銀行の口座に百万ドル入金せよ。

口座番号はF5R6I5D1A3XY。

警察には連絡するな。連絡した時点で交渉は決裂したと見做す。


「なんですか、これは？」

「身代金要求の脅迫状です」

「な、何ですと！」大鐘は泡を吹きそうな状態だった。

「落ち着いてください。とにかく、これで誘拐事件であるとの証拠は揃いました」

「しかし、誘拐事件だとわかったとしても、千里の行方はわかりません」

「お嬢さんの居場所についても、すでに目星はついています」

「本当ですか？　信じられないのですが」

「論理的に考えてお嬢さんの居場所は一つでしょう」

「本当ですか？　いったいどこなんですか⁉」

「それもまた順序立って説明する必要があります。まず、お嬢さんの居場所の範囲ですが、あのビルの中に限定して問題はないでしょう。理由は先ほど説明いたしました。覚えていらっしゃいますか？」

「あっ。はい。覚えています」

「で、あのビルに閉じ込めるとしたら、どこでしょうか？」

「さあ、あの店にはいくつかテナントが入っていますから」

「別のテナントに移動するためには、ビル内の階段や廊下を利用する必要があります。その時に騒がれたら、おしまいです」

「例えばロープで縛った上、猿轡《さるぐつわ》をされていたらどうでしょうか？」

「そのロープや猿轡の作業は店内で行ったということですか？」

「あっ。そういうことになりますね」

「そんなことができる場所があるなら、わざわざ店内から移動するリスクをとる必要はありませんね」

「しかし、店内にそんな場所はあるんでしょうか？」

「条件は二つです。『誰もが好き好んで見にこない』『音が外に漏れない』」

「あっ」大鐘と大男が同時に声を上げた。

「わかりましたか？」

「食肉処理室ですね」大鐘が言った。

「君は食肉処理室で何かが行われているのに、気付かなかったかい？」先生は大男に尋ねた。

「わたしはアルバイトなもので、調理場にも食肉処理室にもあまり近付いたことがないのです。仕事は勘定書きを忘れたお客さんにそれを届けることぐらいなんで」

「犯人は計画が漏れないよう、レストラン内の限られたスタッフのみで、進めていたようですね。あなたの家に優待券を届けたのも計画の一部でしょう」

「千里はどうなるんでしょう？」

「慌てる必要はありません。警察への電話一本で済みます。あのビルを包囲して、入り口を固めて、従業員に食肉処理室に案内させれば済むことです。お嬢さんは程なく救助されることでしょう」

先生はそのまま警察に電話を始めた。

「もう大丈夫です」わたしは大鐘に言った。「先生が解決したと思ったのなら、本当に解決したと考えて問題ありません」

「ああ。びっくりしたなあ」大男はソファに座り込んだ。「職場でそんな大事件が起きていたとは。……なんだか、安心したら、腹が減ってきたな。ここで食っていいですか？」

「いいですけど、コンビニまで五十メートル程水の中を進まなければいけませんよ」

「大丈夫です。さっき、店を出る時に賄《まかな》いを持ってきましたから」大男はポケットからビニール袋を取り出した。

ビニール袋の中にはホットドッグが入っていたが、すっかり潰れてケチャップ塗《まみ》れになってしまっていた。

大男は舌なめずりをしながら、ホットドッグを貪るように頬張った。

ちょうどその時、応接室とのドアが開いた。

大鐘夫人は呆然とわたしたちの方を見ていた。その視線はふらふらと室内を彷徨《さまよ》い、そして口の周りをケチャップ塗れにした大男の姿に視線が止まった。

「ひ、人食い巨人！」大鐘夫人は泡を吹いて、再び失神した。

# 第五話

# 命の軽さ

「人の命の軽重《けいちょう》って確かにあるよね」先生が言った。

「あえて物議を醸《かも》すような物言いをして、気を引いているんですか？」わたしは尋ねた。

「いや。僕は心底、人の命に軽重があると信じているよ。ああ。君の気を引こうとしているのは事実かもしれないけどね」

「わたしの気を引かなくてはならないとは、よっぽど暇なんですね」

「もしそれが事実だとしたらね。まだ、事実とは確定していないけど」

先生の言葉遊びに騙されてはいけない。一度乗せられたら、どんどん深みに嵌《はま》ってしまう。

「人の命は平等です」

「生まれたばかりの赤ん坊の命も百歳の老人の命も？」

「平等です」

「生涯を難民の救済に捧げた有徳《ゆうとく》の人物の命も何百人も殺した殺人鬼の命も？」

「平等です」

「死刑囚の命も？」

「平等です。死刑は法律に則《のっと》って行われますが、命が軽くなる訳ではありません。命は重いまま、刑が執行されるのです。もし、命が軽くなるのなら死刑は償いになりませんから」

「これはうまい具合に理屈を付けたね。でも、君は嘘を吐いている。命に軽重はあるのだよ」

「どんな場合でもありません」

「譬《たと》え話で説明してみよう」どうやらここからが本題らしく先生は嬉しそうな表情を見せた。「君、両親はご健在かな？」

「はい。幸運なことに」

「では、君とご両親が一緒に船に乗っていたとする。その船が嵐に遭って転覆した」

「それって、昔からある心理ゲームでしょ？」

「最後まで聞いてくれ。気が付くと、君は救命ボートの上にいた。乗っているのは君一人で、あと一人だけ、乗る余裕がある。ふと海を見ると……」

「無理やり両親のどちらかしか助けられないという状況設定の訳ですから、どちらかを見捨てるという回答しかない訳です。でも、わたしには決められません。自分が海に飛び込んで、両親とも船に乗せるという回答が許されるのなら、それです。駄目だというのなら、硬貨でも投げて決めるしかありませんが、もし現実にそんな状況になったら、そんな可能性は万が一にもないと思いますが、結局わたしはどちらも助けられなくて、手遅れになってしまいそうに思います」

「誰が両親のどちらかを選ぶ話をしたんだ？」

「していません。でも、これからするつもりなんですよね？」

「いや。そんな話はしない」

「今のわたしの答えを聞いて気を変えましたね」

「だから、そんなことはない」

「じゃあ、どんな質問をするつもりだったんですか？」

「目の前に二人の人物がいる。一人は君の両親のどちらかだ」

「どちらかってどっちですか？」

「どっちかはわからないとしよう」

「父か母かわからない状態なのに、そのどっちかだとはわかるんですか？　そんなことはあり得ないでしょう」

「つまり、あれだ。君の両親は仲がよくてペアルックを着ていたんだ。顔は暗くてよくはわからなかったが、服の柄はわかった」

「男か女かわからない状態で、水の中の服の柄がわかったんですか？」

「蛍光色で描かれた柄だったものでね」

「わたしの両親が蛍光色を着るなんてことはあり得ません」

「わかった。じゃあ、もうお父さんだということにしよう。一人は君のお父さんだ。そして、もう一人は赤の他人だ。さあ、君は二人を平等に扱うのかい？」

「わたしの行動と命の軽重は関係ありません。もし、ボートの上にいたのがわたしじゃなくて、父と違う方の人物の身内なら、父ではなくその人物を救出することを優先するはずです」

「それを以て二人の命が平等だと言えるのか？」

「もちろん言えるでしょう」

「『命の重さ』というのは、物理的な重量ではなく、命の価値を比喩的に言ったものなんだ」

「それは理解しています」

「物理的な重さなら、客観的に比較することができる。だが、客観的な価値というものなんてあるのだろうか？　たとえば、普通の人が見れば単なる汚いおもちゃなのに、その道のマニアには車や家以上の価値がある宝に見えるというのはよくあることだろ？」

「でも、まあ市場に出せばだいたいそれなりの値段が付くもんじゃないんですか？」

「それも、実態として値段がある訳ではなく、その場の空気で決まってしまうだけだ。もし、この世からおもちゃマニアが姿を消したら、その宝の価値はゴミと同じになる。つまり、価値自体はそのものに内在するのではなく、それを判定する人間側にあるということだ」

「命の値段もそうだというんですか？」

「その通りだ。客観的な命の価値などない。それは価値判断するそれぞれの人間の中にあるのだ。そして、誰が判断するとしても、すべての人間の価値を同等に評価する人はいないだろう。もしいたとしたら、その人物は単に価値判断の能力がないとしか考えられない。つまり、判断能力のある誰かが判断した場合、常に人の命の価値は同じにならない。人の命には軽重があるのだ」

「なんとなく誤魔化された感じです」

「誤魔化してなどいない。僕は真実を伝えたのだ」

「まあ、人によって優先順位があるのかもしれませんが、人の命は総じて尊い。これだけは間違いありません」

「そんなことはないだろう。人の命は犬猫のそれよりも軽いことがあるよ」

「また、そんなめちゃくちゃなことを」

「いや。これは真実だよ」

「いくらなんでも、溺れている人間を放っておいて、犬猫を助ける人はいないでしょ」

「咄嗟《とっさ》の場合、人が何をするか、なんて予想は付かないよ。もっとも、僕はそういう極端な話をしているのではなく、もっと日常レベルで日々経験しているようなことを言っているのだ」

「日常生活で、人間と犬猫の命を天秤にかけるような事態には遭遇しませんよ」

「本当にそうかな？　君は発展途上国の人々を支援しようという運動のことは知っているか？　僅かな金額の寄付を行えば子供たちに予防接種できるとか、子供たちが教育を受けられるとか。もちろん予防接種は命を救うし、教育水準が高くなれば、貧困が解消し、戦争に巻き込まれる可能性も減ってくる。つまり、これらは発展途上国の子供たちの命を救う運動なのだよ」

「そういう運動があることは知っていますし、実際に寄付したこともありますよ。わたしだけじゃなくて、世の中の大勢の人が寄付していると思います」

「僕もそうだと思う。だけど、すでに充分な金額の寄付がされているだろうか？　発展途上国の子供たちは全員、予防接種を受けて、学校に通っているのだろうか？」

「それはそうじゃないと思いますけど、だからと言って、彼らの命を軽んじている訳ではありません。それぞれの人ができる範囲でやっているのだから、非難されることではありません」

「で、世の中にはペットを飼っている人たちがいる」

「それは彼らの自由でしょう」

「そうだよ。自由じゃないなんて、誰も言ってないさ」

「だったら、何でペットの話なんか持ち出すんですか？」

「ペットは餌を食うんだよな」

「そりゃあ、生き物ですから」

「ペットの餌代を寄付したら、もっとたくさんの子供の命が助かるはずだね？」

「そりゃ、そうですが……」

「つまり、ペットを飼う人たちは、人間の子供を救うことより、ペットの餌を優先する訳だ」

「ペットを飼わずに、その分のお金を発展途上国の子供のために寄付しろってことですか？」

「そんなことは言ってない。ペットを飼うことがその人にとって重要なら、ペットを飼えばいいし、発展途上国の子供に寄付をすることがその人にとって重要なら寄付をすればいい。僕はどちらも強制しない。そもそも強制する権限もない」

「『そのペットの餌を買わなければ、人間の子供の命が救われる』って言っておいて、それは強制じゃないとか、矛盾しているじゃないですか？」

「全く矛盾していないよ」

「だって、『ペットを飼うことは人より動物の命を優先することだ』と言ってるも同然じゃないですか」

「うん。僕はそう言っているつもりだよ」

「それって非難していることになりますよね」

「どうして、そうなるんだ？」

「だって、人間の命は動物の命より尊いんですから」

「だから、さっきから人の命が動物の命より軽いことがあるって言っているじゃないか」

「どうも騙されている気がします。人の命が何より大事なら、人は趣味や快適さを追求するのをやめて、人々の救済のために寄付すべきだということになってしまいます」

「だから、趣味も快適さも諦めなくてていいんだよ。なぜなら、人の命が何より大事ということはないから」

「物凄く反論し辛いですね」

「そもそもどうして反論したいんだ？　僕は趣味に生きることを肯定しているんだよ」

「反論したいのはそこではないんです」

「じゃあ、どこに反論したいんだ」

「人の命より大事なことがある、というところです」

「もし、人命が一番だと思うなら、すぐに全財産を寄付に回すべきだね。もちろん僕はそのような君の生き方に反対したりはしない」

「そういう言い方に腹が立つんですよ」

「僕は何も間違ったことは言っていないと思うんだけどね」

先生の屁理屈が間違っていることは間違いないのだが、どこからどう反論していいのか、見当もつかなかった。

まあ、先生の暇つぶしにいちいち付き合う自分がいけないのだということはわかっている。だが、先生の屁理屈に反論しないのはどうにも気持ちが悪いのだ。

チャイムが鳴った。

先生はドアカメラのスイッチを入れた。

「若い男性だ。面白い事件だといいんだがな。悪いが、ドアを開けてきてくれないか？」

わたしは依頼者を事務室に通した。

「わたしは伊達杏太郎《だてきようたろう》と申します。実は詐欺に遭ったようなのです」やや小太りの男性はソファに座ると同時に汗を拭きながら、話し出した。

「『遭ったよう』というのは、詐欺に遭ったと確信はされてないということなのですか？」

「厳密に言うと、そういうことになりますね」

「それはまた厄介なことですね」

「警察に届けていないのもそういう理由なのです」

「なるほど。つまり、我々に詐欺だということを立証して欲しいという訳ですね」

「そういうことなのか、どうかもわかりません」

「はて。では、そもそも我々に何を求めておられるのですか？」

「そうですね。まず、これを詐欺だと考えていいかどうか、ご意見をお聞きしたいところです」

「今のところ判断材料は全くありませんが、なんとなく直感的には興味深い案件のようですね」先生は期待を持ったようだった。「とりあえず、どんな目に遭われたのか、ご説明願えますか？」

「まずはこれを見てください」伊達はパンフレットを取り出した。

表示に「ＮＰＯ法人途上国病院建設プロジェクト」と書かれている。

「なるほど。こういうＮＰＯ法人が実在するかどうか調べろということですね？」

「いえ。そうではありません。このＮＰＯ法人は確かに実在します」

「ちゃんと認可されているということですか？」

「はい。活動内容は一般から寄付を募り、それを基金にして、発展途上国に病院を作ろうというものです」

「外国に勝手に病院を作ることなんて可能なんですか？」

「それはその国によって違いますね。ただ、医療に振り分ける予算のない国は、特に思想上の理由で外国を排斥しているなどの事情がない限り、病院の建設は歓迎されるようです」

「設立主旨《しゅし》を見る限り、立派な団体のようですね」先生は言った。「しかし、収入が寄付に基づいているなら、金の流れがはっきりと見えるようにして貰わないと困りますね」

「その点については、わたし自身が代表事務所に乗り込んで、確認いたしました」

「お一人で乗り込まれたのですか？」

「はい」

「随分勇気がありますね」

「そうでしょうか？　わたしの大事なお金の使い道を確認するためですから、それほど苦にはなりませんでしたよ。なにしろ給料三か月分を提供したのですから」

「でも、貯金や投資なら、利子や配当などの利益を期待している訳ですが、そもそも寄付ですから、返ってこないお金な訳ですね。どうして、そんなに気になるのでしょうか？」

「返ってくる、こないは関係ないのです。貯金や投資は利子や配当を期待している訳ですから、それが出ないのは期待外れとなり、文句を言って当然だと思います。寄付の場合も単に金をドブに捨てている訳ではなく、その人間の思惑通りに活用して貰うことを期待している訳です。だから、自分の期待しているように、金が使われているかどうかを確認する権利がある訳です」

「しかし、金が返ってこないことを前提に寄付している訳ですから、用途があなたの想定と違っていたとしても、あなたに損害は発生しない訳ですよね」

「わたしのお金をわたしの想定した以外の使い道をされること自体がわたしの損失です。極端な話、銀行に貯金していても、それを引き出すことがなければ、寄付しているも同然ですよね。でも、だからと言って、利子を付けないのは違法です。それと同じことです」

「まあ、その辺りは法律の問題になるので、わたしが深入りすべきことではありませんね。失礼しました。それで、事務所に乗り込んだ結果はどうでした？」

「先方は快く帳簿を見せてくれました」

「まあ、そのような性格のＮＰＯなら、経理を不透明にする意味はないはずなので、帳簿の閲覧《えつらん》を請求された時に拒否するのは、不自然だし、また不誠実だと取られかねませんしね。帳簿の中身はどうでしたか？」

「実はわたしは経理には素人ですから、詳しいことはわかりませんでした。しかしまあそんな奇妙なものではなかったと思います。嫌がらずに即座に見せてくれましたからね」

「あなたを経理の素人だと思って、適当なものを見せても騙せると思ったのではないでしょうか？」

「そういう可能性はわたしも考えました。だから、コピーをとらせて貰いました」伊達は数十ページにも及ぶ、紙の束を鞄から取り出した。

先生がぱらぱらと捲《めく》るのをわたしもちらちらと覗いたが、みっちりと数字が書き込まれていて、適当にでっち上げたものとは思えなかった。

「これは知り合いの税理士にも見せて、ちゃんとしたものだと確認しています」

「わざわざ税理士に見せたのですか？」

「ええ」

「無料で見てくれたのですか？」

「もちろん相談料を支払いましたよ」

「寄付の使い道が適正かどうかを判断するために、税理士に金まで支払ったのですか？」

「そうですが、何か？」

「いや。失礼ですが、気前がいいのか、悪いのかよくわからない方だなと思いまして」

「自分ではけちな方だと思いますよ」

「けちなのに、大金を寄付されたんですか？」

「ええ。でも、お金って使うものでしょ？　中にはお金を使わずに貯金通帳を見てにやにやしている人もいるでしょうが、大多数の人はお金を使うために稼いでいるはずです。その使い道が電化製品だったり、家だったり、洋服だったり、趣味のフィギュアだったりする訳です。わたしが寄付したのもそういう類のものだと理解してください」

「つまり、寄付というのはあなたにとっては、意義のあることで、単にお金の所有権を放棄した訳ではないということですね」

「その通りです。もし、わたしのお金がわたしの想定したこと以外に使われているとしたら、わたしはとても我慢できないでしょう」

「それを確認するために、あなたはＮＰＯ法人の事務所に乗り込んで、帳簿の確認までなさった訳ですね。我々にはそれ以上のことを要求されるということですか？」

「それ以上？」

「つまり、書類上だけではなく、ボランティア活動の実態があるかどうかを調査するなどです」

「ああ。それなら、すでに自分である程度やっています」

「ご自分で？」

「ええ。これを見てください」伊達は三十代と思われる女性が写っている写真を取り出した。「彼女はＮＰＯ法人の代表です」

「こんな若い方が代表をしているんですか？」

「ええ。実際には彼女はダミーで、背後で糸を引いている黒幕がいるんじゃないかと踏んで、彼女の尾行を行いました」

「あなたが尾行を？」

「はい。いけませんか？」

「いけなくはありませんが、随分危ない橋を渡られたんですね」

「危ない橋？」

「相手が気付いて、警察に訴えたら、ストーカー行為と見做されたかもしれませんよ」

「だって、探偵はみんな尾行しているでしょ？」

「いや。われわれだって、グレーゾーンの場合はありますよ。まあ切り抜けるノウハウはいろいろありますが」

「例えば、どんな？」

「それは企業秘密なので、ご容赦を」

伊達は少し不愉快そうな表情になったが、話を続けた。「それで、彼女の跡を付けたんですが、いろいろな企業や名士の家を回って、熱心に寄付の勧誘をしているようでした」

「あなたが付けていることに気付いて芝居をしていたんじゃないでしょうか？」

「半年以上もそんな芝居を続けるのは難しいでしょう」

「半年ですか？」

「はい」

「その間、あなたは探偵か何かをお雇いになったのですか？」

「いえ。探偵さんに相談するのは今日が初めてです」

「ということは、仲間の方と交代で尾行されたんですか？」

「仲間？　誰のことですか？」

「あなたの調査に協力された友人はおられないんですか？」

「もちろんです。わたしの金ですから、友達は巻き込みませんよ」

「なるほど」先生はにやにやしてしまうのを我慢しているようだった。「でも、その間、お仕事の方はどうされていたんですか？」

「背に腹はかえられませんからね。退職しました」

「ええと、それはその女性を尾行するために、会社を辞めたということですか？」

「ええ。さすがに半年間出社しないと正当な理由があるのかと訊かれますからね」

「ご自分でも正当じゃないと思われてるんですね」

「いや。正当だと思ってますよ。でも、そんな大量の寄付をしたことが知られたら、ちょっと恥ずかしいじゃないですか。だから、思い切って退職することにしたのです」

「まあ、そういう方もおられるでしょうな」先生は笑ったのを隠すためにわざと咳き込んだ。「それで、裏で糸を引いていそうな人物は見付かったのですか？」

「それがそのような人物は存在しないようでした。彼女は寄付金の勧誘以外はたいてい外務省や各国の大使館に出向いていました。おそらく学校建設のための相談を行っていたのでしょう」

「失礼ですが、裏はとれているのですか？」

「はい」

「どうやってとったのですか？」

「直接問い合わせました」

「外務省や大使館に？」

「はい。そのＮＰＯと交渉していることは別に秘密でもなんでもないそうです」

「まあ、そうでしょうな」

「寄付の申し込み先の企業にも問い合わせをしたのですが、教えてくれるところと教えてくれないところがありました」

「民間企業は慣習的に経営のすべてを公開しないものです。寄付というのも戦略的に行えば一種の投資のようなものですから、外部には知られたくない場合もあるのでしょう」

「教えてくれない所も、別に寄付を求められたことを否定している訳ではないので、まあ寄付の勧誘だったんじゃないかと思います」

「わたしも同意見です」

「でも、それだけで、引き下がる訳にはいかないじゃないですか」

「いかないんですね」

「先ほど、わたしは寄付も投資も同じだと言いました」

「はい。確かにおっしゃいました」

「だとしたら、引き下がらないのは当然です」

「当然ですね。わかります」

「わたしはＮＰＯ代表者の資産状況を調べることにしました。持っている不動産については、法務局で調べました。持っているのは、親から受け継いだ家と土地でした。登記されていた情報で、数軒の不動産業者に査定して貰ったところ、そこそこの価値があることがわかりました」

「土地に価値があったとしても、単に所有しているだけでは収入には繋がりませんね」

「家は二軒あって、一つは借家に出していました。家賃もわかっています。贅沢しなければ一人暮らしには充分な額でした。」

「だとしたら、彼女自身は働く必要はないのかもしれませんね」

「そこで、預金や株などの金融資産を調べようとしたのですが、これは断られました」

「銀行は他人の預金高などまず教えてくれませんよ」先生は頭を掻いた。

「探偵さんはこういう場合、どうするんですか？　調べる方法があるんですか？」

「なくはないです」

「どうするんですか？」

「それは言えません。企業秘密です」

「まさか違法行為じゃないでしょうね」

「それも言えません」

「もし違法行為だった場合、頼んだ方も罪になりますか？」

「違法行為だと知って、依頼した場合は罪になる可能性がありますね」

「先生の方法は違法行為なんですか？」

「だから、それは言えないのです」

「違法行為だと知らずに依頼した場合はどうなんですか？」

「それは探偵事務所が勝手にやったことですから、罪にはならないですよ」

「先生の方法は違法行為なんですか？」

「だから、それは言えないと……ええと。もし依頼される気がないのでしたら、預金高の件はここまでということでいいですか？」

「はい。なんとなくニュアンスはわかりました」

「ただ、まあその方の場合、預金高を調べる必要はないんじゃないですか？　自分の資産もあり、収入もあるのだから、一定の預金があって当然ですし、NPO法人の経理の透明性が高いのなら、NPO法人の金を私的に流用している可能性は少ないでしょう」

「わたしもそう思います。そこで、わたしは代表以外の職員についても、調べることにしたのです」

「素晴らしい行動力ですね」先生は言った。

「先生も見習えばいかがですか？」わたしは皮肉のつもりで言ってみた。

「僕はそれほど精力家ではないのでね」先生は意に介さないようだった。

「職員は五人いました。給料の額は帳簿の数字からだいたい推測できます。まあ、アルバイト並みの額でした」

「寄付で成り立っている法人なので、高給にするのは拙《まず》いんでしょう」

「それぞれの職員の自宅を調べてみましたが、それほど贅沢をしている様子はありませんでした。ええと、これが各自の自宅の地図と写真です」

それぞれの家やマンションに数枚ずつの写真があった。できるだけいろいろな角度からとっているようだった。

「当然、資産価値は判定したんでしょうね」

「はい。五人中三人は借家でしたが」

「彼らにＮＰＯの金を無断で流用しているふしはありましたか？」

「それが全くないのです。綺麗なものです」

「それで調査は終わりですか？」

「まさか。こんなところでは納得できないでしょう」

「ははあ。納得できなかったんですね」

「搦手《からめて》からの調査には限界があるので、わたしは正攻法をとることにしました。直接、正式に監査を申し込んだのです」

「それはどこかの団体を通してですか？」

「いえ。わたし個人でです」

「あなたは、その……特別な資格などお持ちなのですか？」

「いいえ。そのようなものが必要なのですか？」

「いや。訊いてみただけです。お気になさらないように。お話を続けてください」

「当初、相手は怪訝な表情でした。先日見せた帳簿だけで充分でしょうとか、個人の方の監査はお受けしていませんとか、そんな言い訳ばかりしていました」

そりゃそうでしょ、と思ったが、もちろん口には出さなかった。

「結局、監査はできなかったのですか？」

「いえ。対応した職員に、自分はここの事業に対して、金を出したのだから、口も出せて当然だとか、出るところに出て訴えても構わない、そんなことになったら、役所の心証が悪くなって、法人格が取り消されるかもしれない、と啖呵《たんか》を切ったら、慌てて代表に連絡してくれて、すぐに監査のＯＫが出ました」

モンスターだ。この人は正真正銘のモンスターだ。

「当然の措置ですな」先生は笑顔で頷いた。

「それで、ありったけの書類を全部並べさせ、適当なページを開いて、疑問に思ったことを尋ねました」

「書類の内容はわかったのですか？」

「ところどころはわかりました。ただ、まあ全体的に言うとちんぷんかんぷんでしたね」

「それで、監査になりましたか？」

「まあ、相手の様子を見ればだいたいわかりますよ。人間、嘘を吐くと目が泳ぎますからね」

「嘘を吐いているようでしたか？」

「嘘を吐いているという確証は得られませんでした」

「つまり、どういうことでしょうか？」

「目は泳いでいませんでした。しっかりとわたしを見据えていました」

「そこまでは全く疑念の余地がなさそうですね」

「はい。疑わしい点は全く見つかりませんでした」

「そこで、あなたの調査は終わったのですね」

伊達は首を振った。「本格的な調査はここからです」

「これ以上、何を調査されたのですか？」

「わたしが知りたかった本当のことです。わたしは別にこのNPO法人が正しく運営されているかどうかを知りたかった訳ではありません。わたしが知りたかったのは金の流れです。わたしの金がどのように使われたか。それが最大の関心事です」

ここまで来ると、逆に清々しいかも。

「つまり、金の流れを調査されたということですか？」

「はい。わたしはNPO法人の職員にどの国にどれだけの金が流れたのかを問い質《ただ》しました」

「素直に教えてくれましたか？」

「はい。もう少し抵抗があるかと思ったのですが、全く拍子抜けです。渡されたリストには様々な発展途上国の住所と現地代理人の名前と連絡先がありました」

「現地代理人がいるんですね」

「ええ。時には日本の職員が長期出張で対応する場合もあるそうですが、それでは人手が圧倒的にたりないので、現地代理人を任命して、現地での実際の活動を委託《いたく》しているということでした」

「現地代理人もボランティアなんですか？」

「ボランティアの時もあるそうですが、たいていは有償で事業を請け負ってくれる業者ですね」

「つまり、かれらはボランティアではなく、利益のために動いている訳ですね」

「そういうことになります」

「その辺りに不正の芽がありそうな気がします」

「そうですかね？」

「だって、彼らは金のために動いてるんでしょ？」

「それはそうですが、病院建設をボランティアの大工にやって貰う訳にもいきませんし、医者もボランティアでは無理です。そもそも建設費や医者の人件費のために寄付を募っている訳ですし、現地代理人への支払いもそういった経費の一つであるなら、不正とは言えません」

「随分、ＮＰＯ法人の肩を持つんですね」

「肩を持っている訳ではありません。わたしはただ自分の金の用途を知りたいだけです。

その為に、正しいことはちゃんと正しいと判断します」

「これは失礼しました」

この人は単なるモンスターじゃないってこと？　この人の目的が何なのか、全然わからなくなってしまった。

「とりあえず、正しく事業が運営されているかは、現地代理人を調査しないとわからないことなのです」

「しかし、そうは言っても、外国まで調査にいく訳にもいきませんしね」

伊達は無言になった。

先生は伊達の顔をまじまじと見つめた。「行ったんですか、外国に？」

「もちろんです」伊達は頷いた。

「しかし、海外まで行ったとなると、結構な出費じゃないですか」

「はい。少し痛かったですが、事実を知るためには仕方のない代償です」

全く、金をドブに捨てたも同然だわ。いや。多少なりとも、日本と世界の経済に寄与しているので、ドブよりはずっといいか。

「わたしはリストの中から比較的送金した額が多くて、日本から容易に行ける案件を探しました。アフリカや南米の国は日本から容易に行けないので、東南アジアや太平洋の国々をメインに探しました。そこで、わたしが目を付けたのは、このパシフィカ公国でした」

「ええと場所はどこでした？」

「太平洋と豪亜地中海の中間に位置する島国です。高潮や津波が起こる度に国土が削られていて、近い将来、国土が消失すると言われています。首相が『我が国は沈没する』と宣言して話題になっていました」

「なんだか『日本沈没』みたいな話ですね」

「国がなくなるということで、国民は意欲をなくしてしまい、さらに経済が沈滞して海外への脱出もままならない状態になってしまい、当然のことながら学校や病院の建設も滞り、危機的状況になってしまったのです」

「なるほど。その国に件《くだん》のＮＰＯが目を付けた訳ですね」

「『目を付ける』というと、否定的なニュアンスになりますが、とりあえずそういうことです。わたしはその国に赴いて、調査をすることにしました」

「調査と言っても、いきなり途上国に渡って、対応できるものなんでしょうか？」

「案外大丈夫なものです。元々イギリスの植民地だったので、かなりなまりが強いですが、英語が通じますし。ただ、辿り着くのが大変でした」

「空港とかはあるんですか？」

「空港はないですね。近くにある別の島国にある空港を利用します。その島へも日本からの直行便がなく、二回乗り換える必要があるので、ほぼ一日掛かりますし、そこから船で二日です」

「往復一週間ですね」

「そうです。でも、着いて見ると、結構いいところでしたよ。海は綺麗だし、空気は澄んでいるし、住民も南洋人らしい大らかで優しい人柄で」

「でも、沈むんですよね」

「沈みますね」

「NPOが病院を建てるのも罪滅ぼしの意味もあるんでしょうね」

「罪滅ぼし？　どういうことですか？」

「だって、地球温暖化の海面上昇で沈むんなら、我々先進国のせいじゃないですか」

「地球温暖化の海面上昇なんて、年間数ミリとかそんな程度ですよ。島が沈むのは乱開発で、島の地盤である珊瑚礁《さんごしょう》が劣化してしまったせいなんです。そこに高潮や津波や大潮が来ると、どんどん崩壊していくわけです」

「なるほど。そうだったんですか」

「まあ、わたしも現地に行って初めて知った口ですけどね。病院の場所は、英語で『日本人の建てた病院を知ってるか？』って訊くと、すぐにわかりましたよ。まあ、国全体の面積が三十平方キロメートル足らずですから、どんな建物でもすぐに見付かるんですけどね」

「三十平方キロメートル弱というと、五キロメートル四方ぐらいですね」

「実際、国中が徒歩圏内ですよ。病院の名前はパシフィカ病院となっていました」

「NPOや代表者の名前じゃないんですね」

「NPOや代表者の名前なんか付けても仕方がないですからね。受付で、日本から来たと言うと、院長が慌てて出てきて、対応してくれました。

『ありがとうございます。この病院がなかったら、もう百人以上の人たちの命が失われていたところです。特に、乳幼児の死亡率を大幅に減らすことができました』院長は握手しながら言いました。

『雇われている医者はすべて現地の方ですか？』わたしは尋ねました。

『いえ。半分ぐらいは外国の方ですね。この国には医科大学がないので、現地出身の医者もすべて海外留学経験があります』

『日本人の医者も多いのですか？』

『そんなに多くはありませんよ。開業時には一人おられましたが、一昨年帰国されました』

どうやら、日本であぶれた医者たちのための手っ取り早い就職先にしている訳ではなさそうでした。

『この国の制度だと、何か日本に対するキックバックはないのですか？』

『キックバック？　何ですか、それは？』

『リベートのことです。この国に病院を作ったことに対して、特定の人物に対して国が金銭を支払うようなことはありませんか？』

『この国は貧しいからこそ、海外の援助を無条件で受け入れているのです。リベートなど渡す余裕はありませんよ』

『じゃあ、見返りは一切ないんですか？』

『まあ、あるとするなら、玄関横の石碑に寄付してくれた人の名前を刻むぐらいですかね。もっとも、これはこの病院だけじゃなく、あなた方のＮＰＯが作った世界中の全ての病院で実施している規則ですがね』

わたしは石碑を見に行きました。大きな石碑にびっちりと名前が彫られていました。

『この病院を建てるのに、これだけの方々が寄付をしたということですか？』

『いや。あなたがたのＮＰＯに寄付した人全員の名前です。寄付する時はこの病院を建てるのに使ってくれ、と指定することはできないんでしょ？』

なるほど、そう言えばそうか、とわたしは納得しました。

『この病院の経理状況を確認してよろしいですか？　それと設立時の事務処理に使った書類も確認させて欲しいのですが』

『もちろんですよ』院長は快く応じてくれました。

経理には素人の上、英語で書かれているため、内容を把握することは難しかったのですが、わたしは辞書を片手に何日も病院に通って、中身を確認しました。

「何日も通ったのですか？」

「せっかく、あの国に行ったのですから、じっくり調べないと損でしょう。ホテルにいてもすることはありませんし」

「観光などはされなかったんですか？」

「まあ、数時間で見て回れる国ですから、観光は一日目でほぼ終わりました。設立時の書類は日本から持ってきたＮＰＯの書類と照らし合わせて、矛盾点がないかの確認を行いました」

「調査の結果、何かわかりましたか？」

「まあ。わかったことと言えば、書類には矛盾はなく、不正が行われているという証拠はなかったということです」

「しかし、まだ納得されていない訳ですね」

「ええ。不正が行われているという証拠はない訳ですが、不正が行われていないという証拠もないので、これから不正の証拠が出てくる可能性はある訳ですよね」

「はあ。なるほど」先生は言った。「問題の原因が見えてきましたよ」

これは嘘で、先生は随分前からわかっていたはずだ。

もちろん、わたしにもわかっていた。

「わたしのやり方の何が拙《つたな》かったのでしょうか？　不正があるかないかを知るためには、これから何を調べればいいのでしょうか？」

「あなたの問題点は悪魔の証明をしようとしていることです」

「悪魔の証明ですか？　わたしはオカルトは信じないのですが」

「『悪魔』という言葉は出てきますが、オカルトは関係ありません。つまり、あなたは『不正が行われている証拠』もしくは『不正が行われていない証拠』のどちらかが出てこないと納得できない訳ですね」

「当然じゃないですか。どっち付かずの状態で、調査を止める訳にはいきませんから」

「『不正が行われている証拠』とは、例えばどんなものでしょうか？」

「経理の収支が合わないとか、架空の支出があるとか、勤務実態のない職員がいるとかでしょう」

「でも、そんなものはなかったのですね？」

「はい」

「では、『不正が行われていない証拠』とは例えばどんなものでしょうか？」

「そこが問題なのです。例えば、関係者全員から、『わたしたちは不正を行っていません』という誓約書を貰ったとしても、それが嘘である可能性は常に存在している訳ですから。不正がなかった証拠として、いったいわたしは何を探せばいいのか、まずそれについてアドバイスしていただきたいのです」

「あなたは大変な問題に足を踏み入れているということに気付いておられますか？」

「大変な問題？」

「譬え話で説明しましょう」先生は言った。「ある人がふと疑問を持ったとしましょう。『はたして、白い烏《からす》は存在するのか』と。疑問を解決するために、彼は何をすればいいのでしょうか？」

「白い烏を探すことですね。一羽でも、白い烏が見付かれば、『白い烏は存在する』と言える」

「その通り、だがもし白い鳥が見付からなかったら、どうでしょうか？」

「その場合は白い鳥がいるという証拠はないということですね。だが、白い鳥が存在しないという証拠もありません」

「あなたはどうしますか？」

「白い鳥が見付かるまで、探し続けるしかないですね。一羽でも白い鳥を見付ければ目的は達成です」

「そう。その方法論は白い鳥が存在することを証明する場合のものですね」

「もちろん、そうです」

「じゃあ、白い鳥が存在しないことを証明したい場合はどうすればいいのでしょうか？」

「全ての鳥を調べて、すべて黒いと確認すればいいのではないでしょうか？」

「どうやって、すべての鳥を調べるんですか？」

「それは地道に一羽ずつ調べていくしかないですね」

「どうやって、すべての鳥を調べたと確信できるんですか？　仮に、見付けた鳥を一羽残らず捕まえたとしても、本当にすべての鳥を捕まえたと確証が持てますか？」

「それは持てませんね」伊達はがっくりと肩を落とした。「無限に続く苦行のようなものだ」

「では、こう考えたら、どうでしょうか？　ここに二人の男がいたとします。一人は――仮にA氏としておきましょう――A氏は『世の中には白い烏が存在している』と主張しているとします。一方、もう一人のB氏の方は『世の中のすべての烏は黒い』と主張しているとします。二人は論争になりました。A氏が論争に勝つには、どうすべきでしょうか？」

「さっき言った通りです。白い烏を探して、持ってくれば証明できます」

「その通りです。では、B氏が論争に勝つにはどうすればいいでしょうか？」

伊達は首を振った。「どうすればいいか見当も付きません」

「簡単です。A氏にこういうだけです。『もし白い烏がいるというのなら、ここに持ってこい。それができたら信じてやるよ』」

「それはずるいのではないですか？」

「ずるくはないのです。新しいことを主張する場合は、主張する側が証拠を提出すべきなのです。裁判で、有罪が立証されなければ、即無罪となります。所謂《いわゆる》推定無罪というやつです。仮令《たとえ》それが真実であったとしても、それを証明することが事実上不可能である場合、それを俗に『悪魔の証明』と呼ぶことがあります。すべての烏が黒いことを証明するのは、まさに悪魔の証明なのです。さて、もしそのNPO法人が不正をしていなかったとしたら、それを証明するのは悪魔の証明に分類されるでしょう。証明は不可能なのです」

「つまり、どういうことでしょう？」

「不正があったという証拠がでないのなら、不正はなかったと考えるべきです。推定無罪です」

「つまり、NPO法人は不正を行っていなかったということですか？」

「それを厳密に証明することはできませんが、そう考えるのが合理的だということです」

伊達は俯いて、ぶるぶると震え始めた。

「畜生、なんてことだ……」

「あなたのお気持ちはわかります。自分の大事な金を勝手に使われた訳ですからね」

「これは歴《れっき》とした詐欺事件だ！　違いますか？」

先生は頷いた。「極めて悪質ですね」

伊達は鞄の中からもう一つのパンフレットを取り出した。

表紙には「すべてのペットの命を救おう！」という文章が印刷されていた。

「これは殺処分される予定のペットを買い取って、富士の樹海の中に建設予定のペットの楽園で余生を送らせようという趣旨の募金です」

＊

「すみません」わたしは挙手した。「話が突然見えなくなったのですけど」

「君は今まで何を聞いていたんだ？」先生が苛立たしげに言った。

「伊達さんの身の上話です」

「この方は多額の寄付をされたんだ」

「はい。聞いていました」

「寄付したことは後悔していません」伊達は言った。「しかし、その使い道には納得できません。わたしの金を見も知らない人間の赤ん坊の命を救うために使うなんて、決して許されることではない！」

「その通り。その通り」先生は同意した。

「わたしがペットを救うために血を吐く思いで寄付した金なのに……金なのに……」ついに伊達は泣き出した。「ペットを救うのに使わなかったなんて、最悪だ!!」

「つまり、ペットを救うために寄付したはずが、なぜか途上国の病院建設に使われてしまったことに憤っているということなのですか？」わたしは尋ねた。

「そうに決まっているじゃないか」先生は言った。

「まあ、当初の目的は達成されなかったんですね」わたしは言った。「でも、結果的に子供達の命が救われたんですから、それでいいと思いませんか？」

「はあ⁉　なんで、それでいいんだ？」伊達は興奮して、わたしに摑みかかりそうになりながら言った。「これは立派な詐欺だろ‼」

「伊達さん、落ち着いてください」先生が言った。「このようなことになっていると気付かれたのはいつですか？」

「一週間前です。寄付をすると、その分所得から控除されるという話を聞いて、今回の寄付はそれに相当するかどうかということを確認しようと思って、動物救済センターに行ったんです。そしたら、寄付した時にはあった立派なテーブルや椅子やパソコンがなくなっていて、がらんとした事務室で男が一人カップラーメンを啜っていました。足元にはごみなのか、書類がばらけた状態で転がっていました」

「その男はあなたを見て、どんな様子でしたか？」

「相当慌てているようでした。手に持っていた箸を床に落としたぐらいです。

わたしはその男に尋ねました。『どうして、前に来た時にはあった事務室の中のテーブルや机がなくなっているんですか？』

『そ、それはつまり、引っ越しですよ』

『引っ越し？　初耳ですが』

『急に決まったんですよ。格安の事務所が見付かったので』

『新しい住所はどこになりますか？』

『ええと。今、メモを持ってきてないんですよ。あとで確認して、ご連絡します』

『覚えておられないのですか？』

『ええ。わたしも寝耳に水だったんですよ』

わたしはどうも怪しいと感じ始めていました。

『先日、わたしがした寄付ですけど、ちゃんと使われたんでしょうね』

『も、もちろんですよ』その男は微笑みました。『ちゃんと活用させてもらいましたよ』

『どんな使い方をしたか教えて貰えますか？』

『えっ？』男は少し狼狽《うろた》えていました。『そ、そうですね』男は足下に落ちている紙の中から、一枚のパンフレットを拾い上げました。『こ、ここに寄付しましたよ』

それは先ほどお見せした『ＮＰＯ法人途上国病院建設プロジェクト』のパンフレットでした。

『これは何ですか!?』わたしは目を丸くしました。『全く話が違うではないですか！』

『話が違う？……ああ。聞いてないんですね』

『何のことですか？』

『つまりですね。寄付先が寄付を拒否してきたので、別の組織に寄付したんですよ』

『でも、わたしはここに寄付したつもりはないのですが。とにかく領収書を発行して貰えますか？』

『それが匿名で寄付したので、領収書は発行できないのです』

『匿名ってどういうことですか？』

『匿名は匿名です。ここはそういう団体だそうで』

わたしは目の前が真っ暗になりました。ペットのために出したお金がどうしてこんなことになってしまったのか、全然わかりませんでした。

しばらく呆然としていたのでしょう。ふと気が付くと、先程の男は姿を消していました。

わたしが寄付したという証拠の書類は何一つ残っていませんでした。唯一の手掛かりはこのパンフレットだけでした。だから、わたしはこのパンフレットのＮＰＯ法人の調査を開始したのです。

ひょっとしたら、途上国に病院を建てるというのは方便で、実際にはペットの命を救うために使われているのではないか。わたしは僅かな望みに賭けたのです。

でも、その望みも打ち砕かれてしまったようです。

わたしの大事なお金が可哀そうなペットたちの為でなく、どこかの子供の命を救うために使われたなんて、我慢のできない話です。全く腹の虫が収まりません。これを詐欺事件として訴えることは可能でしょうか？」

「善意の寄付として渡されたお金を別の善意の寄付として提供してしまったということでですね。これって詐欺になるのでしょうか？」わたしは疑問を口にした。

「そのような場合、伊達さんが損失を蒙《こうむ》ったかどうかということが判断基準になるだろうね。伊達さんはペットの命を救えると思って寄付をした。しかし、それは人間の子供を救うために使われた。これを以て損失と呼べるかどうかだ」先生は言った。

「損失です。わたしの魂に耐えきれないほどの苦痛を与えました。わたしはあの純真な動物たちの命を救うことができなかったのですから」伊達は苦悶の表情で言った。

「でも、なんだか警察は動かないような気がします」わたしは感想を口にした。

「いや。警察を動かすことはできるよ」先生は言った。

「本当ですか？　動物救済センターは善意で寄付をしたのに？」わたしは尋ねた。

「警察が動くのは、動物救済センターが善意で寄付などしていないからだ」

「それって、悪意で寄付をしたということですか？」

「いや。そもそも寄付などしていないのだよ」

「つまり、嘘を吐いたということですか？」

「その通りだよ」

「でも、嘘を吐いたとどうしてわかるんですか？」

「それは伊達さんの話を注意深く聞いていたからだ。話の中に動物救済センターがＮＰＯ法人に寄付などしていないことの証左があったのだよ」

「どういうことですか？」伊達が身を乗り出した。

「動物救済センターの男は『匿名で寄付したので、領収書は発行できない』と言ったのですね？」

「はい」

「ということは、ＮＰＯ法人途上国病院建設プロジェクトは動物救済センターから匿名で寄付を受け付けたということになります。ここまではよろしいですか？」

「はい」

「あなたはパシフィカ公国の病院に調査に行かれましたね」

「はい」

「そこには石碑があったはずです。その石碑に刻まれていたものは何ですか？」

「ＮＰＯ法人に寄付した人たちの名前です」

「正確には、先ほどあなたは『ＮＰＯに寄付した人全員の名前』とおっしゃいました。これは正しいですか？」

「はい。確かにそう言っていました」

「全員の名前です。つまり、匿名での寄付は受け付けていないということになります」

「えっ？」

「パンフレットをもう一度確認してください。そのようなことは書かれていませんか？」

伊達は慌てて、パンフレットの中身の確認を始めた。

「あった！　ここに明記してあります。匿名での寄付は受け付けられないそうです」

「きっちりとした経理を旨とした団体のようですから、不正が入り込む余地を極力排除しようとしたのでしょう。つまり、動物救済センターはＮＰＯ法人に寄付などしていないのです。たぶん最初から単純な詐欺集団だったのでしょう。ただ、事務所を引き払って逃げようとしているところに、あなたがやってきたので、苦し紛れのいい訳のためにこのパンフレットを咄嗟に使ったのでしょう」

「でも、なぜこんなパンフレットがあったのでしょうか？」

「おそらく寄付金を募るやり方の参考にしたのでしょうね。さて、これでこの事件が単純な寄付金詐欺であることがはっきりとしました。そういうことなら、警察も動いてくれるでしょう」先生は自信たっぷりに言った。

「真相はそれですか」わたしは言った。「でも、ちょっとがっかりですね」

「どうして、君ががっかりするんだい？」

「だって、寄付金詐欺で掠め取った金を病院建設に寄付してしまうなんて、善意の詐欺集団というのもちょっと浪漫《ロマン》があるじゃないですか？」

「そんなややこしい犯罪をしなくても、最初から普通に寄付を募れば済む話じゃないか」

「まあ、理屈の上ではそうですね」わたしは伊達の方を見た。「伊達さん、よっぽど悔しいんでしょうね。まだ泣いておられます」

「何を言ってるんだ？　あれは嬉し涙だよ。彼の言葉をよく聞いてごらん」

わたしは伊達の言葉に耳を傾けた。

「やったあ！　俺の金はどこかの身も知らぬ子供の命を救ったりしなかったんだ!!」

# 第六話　モリアーティ

「そろそろコーヒーブレークにしませんか？」わたしは先生に問い掛けた。

「コーヒーブレーク、いいねぇ。そうしよう」

わたしと先生はテーブルに移動した。

「君がここに来てから随分経つね」

「ええ。もう半年以上になります」

「連載の方は順調かい？」

「ええ。連載が始まってからは、ミニコミ誌として異例の売れ行きだそうですよ」

「やはり実録ものは人気があるんだね。実を言うと、君の連載が始まってから、依頼が鰻上《うなぎのぼ》りに増えているんだよ」

「本当ですか？」

「これも君の文章が興味を引くからだろうね。あの連載を見て、僕を名探偵だと思い込んで、やってきてくれるんだ」

「思い込みではなく、先生は本当に名探偵でしょう。実際にこれだけの事件を解決されて

います し」

「しかし、どうして君だったんだろうね？」

「わたしにもわかりません。ある日、編集長に呼ばれて、街の探偵事務所で探偵の仕事を取材しながら、ルポを書いてくれと言われた時にはどうなることかと思いました。なにしろ、わたしは駆け出しのライターで、全く素人同然でしたから」

「君が最初に来た時、顧客は君を僕の助手だと勘違いしたんだったね。だから、僕は君に僕の助手のふりをさせることを思い付いたんだ」

「助手の立場から探偵の活躍を描写するというのは新鮮な発想でした」

「いや。全然新鮮ではないよ。ホームズとワトソンの関係だからね。まあ、ワトソンは厳密には助手ではなくホームズの友人だそうだが、あたかも助手のような立ち位置で事件に関わっていたので、ほぼ助手役と言っても構わないだろう。おそらく君は現代日本のワトソンとしてノンフィクションの歴史に名を残すことだろうね」

「現代日本のワトソンなんて、とんでもありません」わたしは恥ずかしさのあまり顔が火《ほ》照《て》ってしまった。「でも、まあそんな立場になれたら嬉しいです」

「君がワトソンなら、僕はホームズってことになってしまうけどね」

「ホームズと言えば、先生はモリアーティをご存知ですか？」

「ああ。殆《ほとん》ど名前だけだけどね。ホームズのライバルなんだろ？」

「先生はホームズを読まれていないのですか？」

「いや。もちろん読んでいるよ。だが、全部じゃない。『赤毛連盟』とか『まだらの紐』とか、そういった短編をいくつかは読んだことがあるぐらいだ」

「じゃあ、モリアーティについて、あまりご存知ないんですね。モリアーティは謎の多い人物なんですよ」

「そもそも怪盗というものは謎の多いものなんじゃないのかな？」

「モリアーティは怪盗ではありませんよ。犯罪シンジケートの中心人物なのです」

「そうだったかな？　毎回、モリアーティが盗難予告をしてホームズがそれを邪魔するんじゃなかったっけ？」

「何かとごっちゃになってますね。ルパン対ガニマールとか、怪人二十面相対明智小五郎《あけちこごろう》とか」

「あれ？　そう言えば、ホームズのライバルってルパンじゃなかったのか？」

「ルパンシリーズに登場する英国人探偵はエルロック・ショルメです。シャーロック・ホームズのアナグラムになっているのですが、アナグラムはわかりにくいということなのか、日本ではシャーロック・ホームズと訳す慣習があるようです」

「そうか。とにかく、モリアーティは怪盗ではなく、シンジケートの親玉なんだね」

「ヨーロッパで起こる重大犯罪の約半分は彼の手になるもので、犯罪界のナポレオンとまで呼ばれましたが、もし犯行に失敗しても彼にまで捜査の手が及ばないように巧妙に工作しているのです」

「なるほど。そうやって毎回ホームズと丁々発止《ちようちようはつし》の戦いを繰り広げる訳だ」

「ところが、そういう訳ではないのです。モリアーティがホームズとやりあったのは全作品を通して、二回です」

「たった二回？」

「そうです。それも、一回は直接対決ではなく、モリアーティの部下との対決なんです」

「どうして、そんなやつがホームズのライバルなんだ？」

「ホームズを殺したからです」

「えっ？　じゃあ、最終話の登場人物なのかい？」

「いや。実はホームズは死んでなかったという落ちなのですが」

「ありがちだね。いったん終わらせたけど、人気に衰えが見えないから、出版社が作者にキャラクターを生き返らせろと迫ったとか、そういう感じかな？」

「とにかく、モリアーティはホームズを一度は死んだと思わせるぐらいのキャラクターだった訳です」

「世紀の名探偵と犯罪界のナポレオンの対決ということは、物凄い頭脳戦で戦ったんだろうね」

「いいえ。格闘で戦いました」

「格闘？　妙だね。ホームズの最終話なのに、見せ場が推理ではなく、格闘だなんて」

「そうです。とても、奇妙なんです。もっとも奇妙なのは、モリアーティ自身が作中に登場しないということです」

「えっ？　どういうことだい、それは？」

「ホームズの物語はワトソンが語るという体裁なんですが、モリアーティが登場するのは、ワトソンが語る地の文ではなく、ホームズからの聞き書きの部分なんです。つまり、ホームズの台詞《せりふ》の中だけに登場する人物という訳です」

「それは奇妙なことだね。どうして、作者はそんなことをしたんだろうか？」

「ホームズのシリーズを終わらせるためだけに急ごしらえで作ったキャラクターだからという見方もできますが、実はわたしはそれとは違う解釈を持っているのです」

「ほう。どんな解釈なんだい？」

「モリアーティなどいなかったのではないかという解釈です。単に架空の人物という意味ではなく、物語の中でも彼は実在しなかったのではないかということです」

「どういうことだい？」

「これは作者の仕掛けた読者への挑戦だったのではないかと。『ワトソンもホームズも読者には嘘を吐かない』という勝手な思い込みを逆手《さかて》にとったトリックだったのではないかと思うのです。これはわかる読者だけにわかればいいということで、一般に種明かしされることもなかったと。そう考えてみると、モリアーティが登場するこの『最後の事件』という短編の特異性が際立ってきます。ホームズの物語は必ずなんらかの謎が提示され、それをホームズが解決するという展開になっています。しかし、『最後の事件』においては、解決されるべき謎がないのです。ただ、ホームズをモリアーティが追い掛け、そして二人とも滝つぼに落ちたと思われるような痕跡をワトソンが見付けるだけなのです。でも、謎がないように見えるのは実は作者の仕掛けで、作品自体が一つのトリックだと考えれば腑に落ちます」

「君が考えるトリックというのは何だね？」

「簡単です。なぜホームズはいもしないモリアーティなる人物をでっち上げ、そして二人が相討ちで死んでしまったかのような工作をしたのか？　答えは簡単です。ホームズ自身がモリアーティだったのです。そして、二重生活に限界が来たため、二人とも消すことにしたのです」

先生はぴくりと眉を動かした。「それはまた斬新な発想だね。しかし、探偵が犯罪王だというのは矛盾ではないかな？」

「矛盾どころか、これですべてがぴたりと収まるのです。なぜ、ホームズが次々と難解な事件を解決することができたのか？　それは彼自身がそれらの事件を陰から糸を引いて操っていたからです」

「自分自身が起こした犯罪を解決して、どういう得があるんだ？」

「まず、名探偵の名声が得られます。そして、その評判によって依頼が集中します。ワトソンはいわば広報係だった訳です」

「しかし、それでは、犯罪の収益が減ってしまうんじゃないか？」

「モリアーティはヨーロッパの重大犯罪の半分を手掛けていたので、イギリスで起こった事件の一部が解決されたからといって、たいして実害はなかったのでしょう」

先生はしばらく考え込んだ。「まあ、面白い解釈ではあるね」先生はぽつりと言った。「だが、しょせんフィクションの中の話だ。解釈はどうとでもできる。なにしろ作者は死んでしまっているのだから、確認することもできない。そんなことに頭脳を使うのはあまり効率的とは言えないいんじゃないか？」

「レクリエーションの一種だと思えばいかがでしょうか？」

「まあ、それを楽しめる人間にとってはレクリエーションなのかもしれないがね」

「それに単にレクリエーションというだけではなく、こういう訓練は現実の事件にも役立つことがあるのです」

「現実の事件？　たとえばどんな事件だ？」

「以前、アイドルの富士唯香の部屋にストーカーが侵入した事件がありましたね」

「ああ。君が『アイドルストーカー』として、紹介してくれた事件だね」

「あの事件は結局彼女の元のマネージャーが仕組んだ事件だとわかりました。しかし、マネージャー自身は失踪してしまい、現在も行方知れずです」

「狡猾《こうかつ》な犯人だったね。しかし、事件自体は単純なものだった」

「彼女が病院でかかっていたカウンセラーはたまたま先生の知り合いだったんですよね」

「そうだったな」

「顧客記録を調べたところ、わたしがこの事務所に来る前の依頼者の半分はあの方の紹介でした」

「君、顧客記録を調べたのかい？」

「ええ」

「それはちょっとまずいんじゃないかな？」先生は真顔になって言う。

「わたしは助手としての仕事をしていて気付いたのです」

「だが、君は本当の助手じゃない」

「でも、先生は助手として振る舞うようにとおっしゃいました」

「それは客の前だけという意味だ。今後はもう助手として振る舞う必要はないよ」

「わかりました。もう顧客記録は調べません」

「そういうことなら、今までのことは不問に付すことにしよう」

「顧客記録によると、彼女以外にも特定の紹介者が何人もいるようですね」

「ああ。以前はそういうシステムで顧客を集めていたんだよ」

「わたしがローカルミニコミ紙で紹介するようになってからは、紹介者を介さずに直接訪れる依頼者が増えています」

「ええと。依頼者が増えたのは自分のおかげだと言いたいのかい？　そのことなら感謝しているよ。しかし、君だって、わたしの活躍を記事にして、名声が上がったんじゃないかね？」

「はい。この関係はギブ・アンド・テイクになっていると思います」

「君がそう言ってくれてほっとしたよ」

「この事件について、他にも気付いたことがあります」

「また、何かの記録を見たのかい？」先生の顔色が変わる。

「いいえ。唯香と先生のやりとりから気付いたのです」

「それは僕も気付いていることかい？」

「おそらく気付いておられないと思います」

「つまり、君だけが気付いたということか。たいしたもんだ。だけど、それは事件に関することなのか？」

「はい。事件の真相に関わることだと思います」

「それなのに、僕は気付いていない。そういうことだね」

「はい」

「俄かには信じ難いな。どんな事実なんだね？」

「自分の部屋にストーカーが侵入したと気付いた唯香は部屋の中の鏡の映り方がおかしいと思ったと言っていました」

「そうだったね」

「そして、彼女は鏡を撮影し、その画像を見て、その鏡がマジックミラーであり、その背後に男が隠れていたことに気付いたと証言していました」

「その通りだ。そのことはもちろん僕も気付いている」

「わたしが気付いたのはそのことではないのです。先生は彼女に尋ねました。『犯人が映っていたバスルームの鏡は詳しく調べたんですか』と」

「そうだったかな？」

「はい。そうでした」

「それが何か？」

「どうして、バスルームの鏡の写真に犯人が写っていたとわかったんですか？」

「それは彼女がそう言ったからだ」

「いいえ。彼女はそんなことは言っていません。単に大きな鏡と言っただけです」

「じゃあ、君が聞き漏らしたんだ」

「わたしは聞き漏らしていません」

「もしそうだとしたら、僕が推定したんだ。大きな鏡と言えば、バスルームに違いないとね」

「先生は最初から知っていたのではないのですか？」

「何を知っていたというのかい？」

「バスルームの鏡がマジックミラーになっていて、その向こうに犯人が隠れていたと」

先生は無言でわたしの顔を見詰めた。

「面白いね」先生はぽつりと言った。「だけど、僕はそんなことは知らなかった。君の気のせいだよ」

一瞬の沈黙。

「そうですね。わたしの気のせいかもしれませんね」わたしは言った。「ところで、中村瞳子の事件を覚えておられますよね」

「ああ。君が『消去法』と名付けた事件だね」

「彼女は自分を超能力者だと思っていました」

「そうだったね」

「でも、そのことは当初わたしたちにはわかりませんでした」

「それはそうだろうね。初対面の人物を何の先入観もなく、超能力者もしくは自分を超能力者だと思い込んでいる人物だと考える根拠はないからね」

「しかし、彼女は自分の超能力に絶大な自信を持っていました。自分が能力を発動すれば、それは必ず自分以外の目にも明らかとなるはずだと」

「彼女の主観では人間消失は現に起きているのだから、彼女はそれを現実と区別できていなかったんだ。それはそんなに不思議なことじゃない」

「でも、それはあくまで彼女の主観でのみ起きていたんですよね。だから、彼女以外の人間には観察できない」

「もちろんだ。もし、彼女以外の人間が観察できたのなら、それは彼女の精神が別の人間の精神に影響を与えたということで、それ自体が一つの超能力だ。何か確実な証拠があるのなら別だが、原則的に探偵は超能力を認めない。認めてしまうと、すべての推理の前提が壊れてしまうからね」

「では、なぜ先生には観察できていたのですか？」

「いったい何を言ってるんだ、君は？」

「瞳子は事務所に来たとき、デモンストレーションのためわたしを消去しようとしました」

「ああ。覚えているよ」

「そして、わたしを消去したと思い込んだ後、わたしの写真を先生に見せました」

「ああ。そうだったよ」

「先生はわたしの写真を見て、知らないとおっしゃいました」

先生は笑った。「何を言うかと思ったら……。もちろん、本当に君のことを忘れた訳じゃないよ」

「はい。わたしも本当に先生がわたしのことを忘れたのだとは思っていません。でも、不思議なのです。どうして、彼女にわたしのことを知らないと言ったのかと」

「それは簡単だ。彼女に合せたのだよ」

「彼女に合わせた？」

「彼女自分のことを超能力者だと思っていた。いきなり、彼女の超能力を否定したら、彼女は我々の意見を受け付けず、帰ってしまったかもしれないからね。まずは彼女の妄想を受け入れて、ゆっくりと説得に掛かったんだよ」

「わたしが疑問に思ったのは、先生がわたしのことを知らないふりをした目的ではありません」

「目的でないとしたら何なんだ？」

「先生が彼女の妄想の内容を知っていた理由です」

「それは彼女が自分で言ったからだろう」

「あの時点では彼女は自分の妄想の中身を話してはいませんでした」

「ちょっと待ってくれ。今思い出すから。……そうだ。あのとき、彼女は君に向かって、『あんたなんか消えてしまえ』と言ったんだったよね？」

「……ええ」

「その言葉を聞けば、彼女の妄想の内容は想像できたんだ」

「先生は彼女が妄想にとりつかれていることに気付いていたのですか？」

「ああ。そうだね。職業柄なんとなくわかるものなんだよ」

「でも、さっき先生は、初対面の人物を何の先入観もなく、超能力者もしくは自分を超能力者だと思い込んでいる人物だと考える根拠はない、とおっしゃってましたよね？」

「それは……」先生は口籠る。「ひょっとすると、君は僕を論破しようとしているのかもしれないが、実のところ単に人の揚げ足をとっているだけだよ。さっき言ったことは、まあ言葉の綾だ。探偵には独特の直感というものがある。それは君も知っているだろう」

「先生を見ているとそう思う時が多々ありました」

「ほら。君も感じているじゃないか」

「でも、それは直感ではなかったのではないかと、思い始めているのです」

「直感でなかったら何だと言うんだい？　何か根拠はあるのかい？」

「例えば……。そう。戸山弾美の事件がありましたね。わたしが『ダイエット』と名付けた事件です」

「あれは酷い事件だった。先生は顔を顰《しか》める。自分の身体がどんどん太っていくのに、何も食べていないと思い込んでいた。あれも一種の妄想だったな」

「そうなんです。あの時も先生はわたしが気付かないことを知っていました」

「いや。彼女が太っていることは一目瞭然だったろう」

「彼女の体形の話ではありません」

「じゃあ、妄想の内容の話かい？　それだって、あれだけ太っていて、何も食べていないと言ってる時点で、どんな妄想かは明白じゃないか」

「妄想の内容でもありません」

「じゃあ、僕が何を知っていたと言うんだい？」

「事件の経緯《けいい》です。犯人は弾美の真下の部屋を借りていました」

「そうだ。宅配便の転送手続きを利用して、本来弾美の部屋に届くはずのものを犯人の部屋に届けさせたんだ。僕はこのことを推理によって見出したんだ。他人の家の荷物を掠め取るにはどうすればいいかと考えてね。このことに君が気付かなかったのは、単に経験不足だからで、僕が特別な訳じゃない」

「そうではないのです。先生が犯人の手口を知っていたことが不思議ではないのです」

「じゃあ、何が不思議なんだね？」

「先生が弾美の部屋の番号を知っていたことです。先生は、『犯人は502号室を借りたのです。そして、602号室から502号室へ転居したという偽の転居届をあなたの名前で出したのです』とはっきりおっしゃってました」

「彼女は自分の住所を言ったんじゃなかったかな？」

「いいえ」

「それなら、あれだろ。依頼の申し込み用紙に住所を書いたんだ」

「彼女はここまで来るのがやっとの状態で、申込書を書けるような状態ではありませんでした」

「すぐには思い出せないな。些細《ささい》なことだし」

「些細なことのようにも思えますが、実際は重大です」

「部屋番号がそんなに重大だろうか？」

「もし先生が彼女の部屋番号を知っていたとしたら、先生は彼女自身をも知っていたということになります。そして、彼女を知っていたのなら、事件そのものを知っていたことになります」

「その辺り論理展開が乱暴過ぎやしないか？」

「丁寧に説明したとしても結論は同じですよ。先生が理解できないはずはありません」

「いいだろう。じゃあ、少し思い出す時間をくれたまえ」

先生は目を瞑《つむ》った。そして、十秒後には目を見開いた。「なんだ。簡単なことじゃないか」

「思い出しましたか？」

「君は、僕が弾美の部屋番号を知っていたと思ったんだろ？」

「思ったというか、先生自身がそうおっしゃってました」

「だが、弾美がそれを認めた訳じゃない」

「……ええ。そう言えばそうだったかもしれません」

「何か込み入ったことを説明するとき、抽象的な概念だけで説明を進めるよりも、具体的な何かを当て嵌めた方が理解しやすいということはわかるだろ？」

「それはわかりますが……」

「あのとき、僕の脳裏に浮かんだトリックはこうだった。犯人は宅配便の中身を取り換えた後、もう一度梱包《こんぽう》をやり直して、弾美の家に持っていかなくてはならなかったはずだ。だとすると、なるべく僅かな書き直しで弾美の住所になるような部屋番号を選んだはずだ。仮に部屋番号を三桁だとすると、そのうち一つの数字だけが違う部屋を借りるのが合理的だ。いくつも数字を直すとばれやすいからね。次は三つの数字のうちどれを変えるかということが問題となる。一の位を改竄《かいざん》した場合、本人の部屋と数部屋しか離れていない部屋を借りなければならない。これはあまりにリスクが高い。最悪、犯人と弾美が鉢合わせしてしまう危険も考えなければならない。十の位をかえても根本的には同じことだ。数十部屋離れていたとしても、同じ階である限り、廊下で鉢合わせする可能性は低くはない。となると、百の位を変えるのが最も合理的だということになる。通常百の位は階を示すから、別々の階に暮らすことになるからね」

「その話を続けると、先生が部屋番号を知っていた理由がわかるのでしょうか？　それとも、単なる時間稼ぎですか？」

「まあ、黙って聞いていたまえ。百の位を改竄する場合、簡単に改竄できる数字の組み合わせは限られている。例えば、9と6はよく似ているようだが、ちょっとした改竄で9を6にしたり、その逆にしたりするのは難しい。簡単に改竄できるのは、1を4にしたり、3を8にしたりといった場合だ。そういった組み合わせ例の一つとして、僕は5を6にする組み合わせを考えたのだ。実のところ、一の位や十の位の数字はどうでもいい。適当に2や0といった数字を使ったまでだ」

「つまり、602号室というのは、全く適当に頭の中で作った数字だとおっしゃるんですか？」

「全くその通りだよ」

「じゃあ、どうして弾美は訂正しなかったのでしょう？」

「さあ。どうしてだろうね。それこそ些細なことだから、気にならなかったのかもしれない。僕が適当な数字を並べたことはわかっていただろうし」

「彼女の部屋番号は簡単に調べられますよ。もし602号室だったら、どうしますか？」

「どうもしないよ。もしそうだとしても、偶然の一致だろうからね」

「偶然の一致ですか？　三桁の数字で？」

「三桁の数字が一致する程度なら、奇跡でもなんでもないだろ？　宝くじなんか、組も含めると八桁もある。まあ、部屋番号はたぶん一致してないだろうけどね。だけど、偶然一致していたとしても驚かないよ」

そう。一致していたとしても、先生はおそらく落ち着いたまま笑っているだろう。そんなことぐらいでは、先生を追い詰めることはできない。

「もう一つ訊いてよろしいでしょうか？」わたしは尋ねた。

「本当に一つだけなのかい？」

「気になりますか？」

「後から後から出て来るものでね」

「先生が認めるまでは続けますよ」

「だったら、永久に終わらないよ。そもそも君は僕に何を認めろと言うんだい？」

「『食材』事件を覚えていますか？」

「ああ。覚えているよ。あれは明確な誘拐事件だったね」

「被害者の夫婦、とくに妻の方はパニック状態でここにやってきていました」

「君の連載のおかげで、僕は名探偵としてかなり有名になっているからね。この街では、ああいう咄嗟の場合は、警察よりも僕を頼るらしい」

「それはよくない傾向ですね」

「どうしてよくないと言える？」

「だって、警察なら只《ただ》で捜査してくれますが、先生は調査料をとるじゃないですか」

「警察だって、只じゃないぞ。人件費を含む経費は税金から支払われている。つまり、国民は全員警察の顧客なのだ。この辺りを勘違いしている人は多いね。役所は只だと思っている。実際は強制的に料金を徴収されているのだ。それを認識しないから、公務員は国民を客だと思わないし、国民側も只で仕事をして貰っていると錯覚して下手《したて》に出ることになる。ちゃんと、顧客と店員の関係だと認識すれば、もっと円滑に役所の仕事は進むはずだ」

「でも、警察に依頼しようがしまいが、税金額に変わりはありませんよ」

「この街の住人がいっさい警察に頼らず、この僕に事件の解決を依頼するようになったとしよう。その場合、警察の経費はすべてカットできるんだ。この探偵事務所の経費と警察の経費では比較にならない。そうなれば税金は大幅にカットできる」

警察がなくなり、この探偵事務所だけが残るなんて、まさに悪夢のようだ、と、わたしは密かに思った。

「夫の大鐘氏は誘拐事件だとは気付いていなかったようですね」わたしは言った。

「娘がなんらかのトラブルに巻き込まれたとは思っていたようだがね。妻の方はなぜかすでに殺害されてしまったと早合点していたようだけど」先生は応えた。

「結局、あの後、警察が踏み込んで、娘は無事保護されましたが、一味はちりぢりに逃げてしまい、なんとか捕まえられたのは事情がよくわからない下《した》っ端《ぱ》が二、三人でした」

「まあ、あの時はとてつもない嵐の最中だったからね。犯人グループは運がよかったと言えるだろう」

「本当に運だけでしょうか？」

「何が言いたいんだ？」

「前もって、誰かが連絡したのではないでしょうか？」

「そうかもしれないね。だけど、もしそうだったとしても、僕とは何の関係もないことだ」

「そうですね。ただ、あの事件で気になったことは、そのことではないのです」

「何が気になったのだ」

「あの夫婦を追って、背の高い男がこの事務室にやってきましたね」

「ああ。脅迫状を届けてくれた親切な人だね」

「大鐘夫人は彼を犯人の一味だと勘違いしたようです」

「そして、大鐘氏も夫人から影響を受けて、あの大男を危険な人物だと思い込んでしまったらしい」

「その思い込みは無理もないと思います。嵐の中、大男が自分たちを追いかけてきたら、恐怖を感じてしまうものでしょう」

「そこが素人とプロの探偵の違いだね」先生は自信たっぷりに言った。

「先生はあの男が脅迫状を届けてくれたと知っていたようでした」

「また、そんな言い掛かりをつけてくるのかい？　もちろん知っていた訳じゃない。推理したんだよ」

「どういう推理をすれば脅迫状を持っているとわかるんですか？」

「身代金目的の誘拐なら、脅迫状があって当然だからだよ。しかし、あの夫婦は脅迫状を受け取っていない。ということは脅迫状を受け取りそこなったと考えるのが自然だ。脅迫状を受け取りそこなった夫婦を紙切れを持って追いかけてくる男がいたとしたら、それは脅迫状を渡しにきたと推定できる訳だ」

「辻褄《つじつま》が合っているようで、やはりおかしいと思います」

「何がおかしいんだ？　論理的な整合はとれていると思うが」

「身代金目的の誘拐事件だという前提で考えると、辻褄の合う説明ができるというのが、先生の推理ですね」

「その通りだよ。実際、身代金目的の誘拐事件だったし」

「しかし、身代金目的の誘拐事件だというのは、あくまで推理の結果のはずです。それを先取りして、前提とするのは時間の流れとしておかしいのです」

「事実でありそうな事柄を仮定して、事実の証明を行うのはそれほど珍しいことではないよ。その前提で矛盾なくすべてを説明することができれば問題ない」

「間違った前提でも矛盾を生じないことはありますよ」

「どんな場合だい？」

「ある人物——仮にAとしましょう。Aが『Bは正直者だ』と言ったとしましょう」

「ここで、Bという人物が出てくる訳だね」

「そして、Bが『Aは正直者だ』と言ったとしましょう」

「なんだ。パラドックスにしないのか」

「はい。パラドックスの実例ではありません。果たしてAは正直者でしょうか？　まずAは正直者だと仮定します。正直なAが言ったのですから、Bも正直者です。そして、正直者のBがAを正直だと言っていますから、最初の仮定と矛盾しません」

「名推理だね」

「ところが、ここで逆の仮定をしてみると、おかしなことがわかります。つまり、Aを嘘吐きだと仮定するのです。嘘吐きのAが、Bは正直だ、と言ったのですから、Bは実は嘘吐きだということになります。そして、嘘吐きのBが、Aは正直だ、と言っているのですから、Aは嘘吐きとなり、最初の仮定と矛盾しません。つまり、Aが正直でも嘘吐きでも矛盾なく状況を説明できてしまうのです。つまり、ある前提で矛盾なくすべてを説明できたとしても、その前提が真実だとは限らないのです」

「それは単なることば遊びに過ぎない。実際の事件では物的証拠や証人がいて、推理を補強してくれるのだ。A、B以外の人間にインタビューすれば、二人が正直者か嘘吐きかは簡単に検証できる。『食材』事件の場合、実際に脅迫状が存在したのだから、僕の推理の正しさは証明できる」

「推理ではなく推測です。確かに、脅迫状があったことで、先生の推測が正しいことは証明できるのですが、その推測に至った過程が不明なのです。つまり、最初の想定と時間的な順序が逆なのではないかということです」

「時間的な順序？」

「最初から夫婦が脅迫状を持って、この事務所を訪れたのなら、その時点で身代金目的の誘拐だと根拠を持って推定できます。そして、それを前提として、夫婦の話を聞けば、すべての辻褄が合います。ところが、実際には夫婦は脅迫状を持参しなかったのです。つまり、先生は推理の要素が足りない状態で出発するしかなかったのです。苦し紛れに、先生は事件の全体像を先に提示して、そこに脅迫状という要素を見付けて当て嵌めることで、推理が完成したかのように見せたのです。論理的には整合がとれています。しかし、時間という要素を考慮すると、先生の推理は結論を先取りしているのです。これは如何《いか》にも不自然です」

「まるで、僕が予《あらかじ》め真相を知っていたかのような言い方だね」

「そうではないのですか？」

「そうだね。ある意味では知っていたと言えるかもしれないね」

「えっ？」

「ただし、君の思っているような意味じゃない。君は『刑事コロンボ』というドラマを知っているかな？」

「はい。大好きなドラマです」

「あれは倒叙《とうじょ》ミステリというスタイルだ。つまり、視聴者に最初から犯人が誰かを知らせておいて、刑事がどうやって、犯人を暴くかを見て楽しむドラマだ。このドラマには重要な約束事があるのを知っているかい？」

「何でしょう？」

「非常に早い段階で、コロンボは誰が犯人かを知っているということだ。それも、手掛かりがないか、もしくは非常に薄弱な状態で、犯人を確定してしまい、後は犯人に付き纏って、ぼろを出させるために、ありとあらゆる手を使う。いわば究極の見込み捜査だ。よく考えると酷いものだ」

「しかし、そうでないとあのドラマは成立しませんから」

「そうだ。そして、そうでないと成立しないのはドラマの中だけじゃない。探偵というものは長年の勘で、どのような犯罪が行われて、誰が犯人か、がだいたいわかってしまうのだ。だから、実のところ、推理などは殆ど行わない。直感的にわかったストーリーを証明するために証拠を集めるだけだ。ただ、それでは、誰も納得しないので、証拠がすべてそろった時点で、それらしい推理を述べる訳だ。確かに君の言うように、時系列的には矛盾した結果になる。だが、結局は真実に辿り着く訳なのだから、この手法でもなんら問題はないのだ」

「つまり、先生は勘で犯人を探り当てるということですか？」

「その通りだ。だが、他言無用だよ。これは企業秘密なんでね」

「先生は自分を超能力者だとおっしゃっているのですか？」

「そうではない。きっと僕は無意識のうちに一種のプロファイリングを行っているのだ。こういう状況であった場合、このような犯罪が行われている可能性が高いというデータベースが僕の頭の中にあって、それが自動的に検索されるのだ。だから、あくまで統計的な話であって、それだけで犯罪の立証はできない」

「どういう状況だとどういう犯罪が起こるのか、リストがあるということですか？　だとしたら、そのリストを見せてください」

「だから、そのリストは僕の頭の中だけにあるんだ。そして、それを書き出すことはできないんだ。無意識の中にあるので、無意識の検索だけが有効なんだ」

「なんだか、とても都合のいい能力なんですね」

「そうだよ。都合がいいんだ。実際にそうなんだから仕方がない」

わたしは溜め息を吐いた。「こうやって、のらりくらりと言い逃れを続けるんですね」

「こっちこそ、君の目的が全く見えないんで困っているんだが」

「わたしは真実を知りたいだけなのです。では、コロンボ理論でも説明のつかない疑問について、質問します」

「どうせまだ終わらないと思っていたよ」

「『命の軽さ』事件についての質問です」

「ああ。つい最近の事件だから、よく覚えているよ」

「伊達氏は当初、途上国に病院を建てることを目的としたNPO法人を調査した結果を延々と説明していましたね」

「あれは非常に要領の悪い報告の実例だったね」

「彼は自らの寄付の目的を語らずに、いきなり調査報告に入ってしまったのです。彼は意図的に情報を隠した訳ではないと思われますが、必要な情報を開示しなかったため、聞き手が、あたかも彼が直接そのNPO法人に寄付し、その使い道に不正があるのではないかと疑っている、というストーリーを想定してしまうものになっていました」

「いや。そんなことはないだろう。そう思ったのは君だけじゃないのか？」

「似非《えせ》動物愛護団体については、いっさい話に出ていませんでした。彼の怒りの矛先が病院建設のNPOの方にあったために、話題はすべてそっちのNPOのものだけでした」

「まあ、そういうこともあるだろうね」

「そして、調査の結果、ＮＰＯ法人が不正を行った証拠はいっさい見付からなかった。本来なら、その結果を以て、詐欺はなかったと判断するはずでした。だが、先生は、極めて悪質な詐欺だと断定したのです」

「でも、実際に詐欺はあったのだから、僕の方が正しいよ」

「詐欺があったと判断できるための材料が伊達氏の言葉の中にありましたか？」

「直接的にはないね」

「間接的にはあったということですか？」

「あったんだろうね」

「いったい彼の言葉のどの部分が間接的な推理材料になったのですか？」

先生は腕組みをする。

「なんだか、今日は厳しいね」

「ふざけている訳ではないのです。真剣に答えてください」

「冗談でないとしたら、君の目的は僕を追い詰めることなのかい？」

わたしは頷いた。

「いったい全体どうして、僕がそんな目に遭わなくてはいけないんだ？」

「その点に関して、はっきりさせないといけないからです」

「僕が責められるのは、責められる理由を明確にするため、って、なんだか議論がループしているよ」

「では、言い方を変えます。わたしは先生に責められる理由があるのかどうかを確認するために、先生に質問しているのです」

「君は僕を尋問しているのかい？」

「広い意味ではそうです」

「君にそんな権限はないだろう」

「はい。だから、答えたくなかったら、答える必要はありません。しかし、その場合、わたしは先生には答えたくない理由があるのだろうと考えます」

「君がそう考えたとして、僕に何か不都合があるだろうか？」

「不都合かどうかはわかりませんが、わたしは疑問をそのまま発表します」

「ミニコミ誌に書いた文章がどれほどの影響力を持っているというんだい？」

「少なくとも、この探偵事務所を繁盛させる程の影響力はあるんでしょう？」

「それは脅迫なのかい？」

「いいえ。先生はわたしの問いに答えなくても構いません」

「でも、そのことを書くわけだ」

「それは報道の自由です」

「なるほど」先生は頭を掻く。「質問は何だったかな？」

「伊達氏の言葉のどの部分が詐欺が行われたという間接的な推理材料になったのですか？」

「ここが推理材料になったとか、そういうことは言えないね。さっきも言った通り、探偵には独特の勘があるんだ」

「先ほどは頭の中のデータベースで検索するとおっしゃいました。だとすると、検索するためのなんらかの材料は必要なはずですが？　彼の言葉の中にその材料はあったのですか？」

「あったも何も彼自身が『詐欺に遭ったようだ』と言っていたじゃないか」

「依頼者の感想が決め手なんですか？　本人も自信ない様子なのに？」

「なんというか、依頼者の風貌や態度からだいたいの事情は読み取れるんだよ」

「それはやはり自分は超能力を持っているとおっしゃっていることになります」

「君がどうしても僕を超能力者にしたいというのなら、それでも構わないよ。これで気が済んだかい？」

「とうとう論理的な説明をすることを放棄されるんですね」

「どんな事柄だって、論理的な説明を無限に遡《さかのぼ》って続ける訳にはいかないからね。どうして、どうして、と問い続ければ、どこかで説明できなくなるのは当然だ」

「それは違います。確かに、無限に論理的な説明を続けることはできませんが、誰もが納得できるような公理や法則に到達すれば、それ以上、議論を遡及《そきゅう》させる必要はありません。先生が事件を解決できるのは超能力があるから、という理由は到底承服できないのです」

「じゃあ、僕は君を納得させるために何をすればいいんだい？」

「超能力を実証してみせるか、もしくは他のもっと納得できる説明をしていただくことです」

「他のもっと納得できる説明？　超能力探偵よりも納得できる説明なんてあるのかな？」

「簡単な説明があります。ただし、先生がそれを認めるかどうかですが」

「例えば、君はどんな説明ができると言うんだね？」

＊

「考えてみてください。ここに一人の探偵がいます。しかし、彼は常に事務所の中で、事件を解決します。単に依頼者の話を聞くだけで、推理を行い、犯人やトリックを言い当てます」

「いわゆる安楽椅子探偵というやつだね」

「安楽椅子探偵という概念そのものが成立しないとは思いません。依頼者が推理に必要な情報をすべて語ってくれれば、探偵が真実に到達することはあり得るでしょう。ただし、依頼者が必要な情報をすべて語ってくれるという保証はありません。むしろ、依頼者が語る情報は不十分な場合が殆どだと思われます。なにしろ、依頼者は探偵などではなく、素人に過ぎないのですから」

「腕のいい探偵は必要な情報を依頼者から引き出せるとは考えられないだろうか？」

「もちろん、ある程度はできるでしょう。しかし、そもそも依頼者が知らない情報は引き出すことはできません。また、依頼者が常に真実を話すという保証もありません。思い違いもあるでしょうし、自分に不都合な事実を意図的に隠したり、真実でないことを話すかもしれません。つまり、安楽椅子探偵の成否は依頼者の質に依存することになります」

「優秀な依頼者はそれほど珍しくないと思うが」

「はい。しかし、依頼者は優秀過ぎてもいけないのです。なにしろ、依頼者は推理に必要な情報はすべて持っていなくてはいけないのですから、その人物が優秀ならば、自分自身の情報で、推理して真実に到達してしまうはずです。だから、安楽椅子探偵の依頼者は必要な情報はすべて収集できるぐらい、観察力や記憶力や判断力に優れていながら、それらを使って、推理するだけの論理的能力を持たないという極めて微妙なバランスを保っていなければならないのです。しかし、何が必要な情報かは推理が進んでいく段階で明らかになっていく性質のものです。したがって、全く推理をせずにどの情報が必要かを判断するのは至難のわざです。通常の探偵は推理をしながら、自分が現場に赴いたり、助手を差し向けたりして、欠けている情報を補いながら、推理を完成させる訳です」

「君は安楽椅子探偵などあり得ないと主張するのか？」

「あり得ないとは言いません。しかし、そんな偶然が短期間に五回も発生することはまずあり得ないとは言えるでしょう。もし、依頼者のもたらす情報が不十分だった場合に安楽椅子探偵を気取るにはどうすればいいでしょうか？　足りない情報を自分で補うしかないのです。もし、探偵が必要な情報を最初からすべて知っていたなら、その場で推理したかのように装うことは可能です。ただ、一つの問題点は、依頼者が話しもしなかった情報をなぜ探偵が知っているかを説明できないことです」

「その場合、探偵は最初から真実を知っていたと言いたいのか？」

わたしは頷いた。「探偵は依頼者の言葉から推理を組み立てる訳ではなく、最初から真実を知っているため、ついうっかり依頼者が話していない事実を推理に組み込んでしまうことが起きてもおかしくありません。依頼者は事件が解決さえすればいいので、提供した情報と矛盾さえしなければ、探偵が知らないはずのことを知っていたとしても気にしないと考えられます。しかし、依頼者と探偵の会話を第三者が聞いていたとすると、依頼者が話してもいない事実を探偵がすでに知っているということに違和感を覚えるかもしれませんね」

「つまり、君は依頼者が話す前に僕がすべてを知っていたと主張するんだね。だが、それは結局超能力探偵説に戻ってしまうんじゃないか？」

わたしは首を振った。「超能力など持ち込まなくても、説明できます」

「どんな説明だね？」

「自作自演です。つまり、事件の首謀者が探偵をすれば、すべてを解決することができます」

「君は今自分がさらりと凄いことを言ってのけたことに気付いているのかな？　僕のことを犯罪者だと言っているんだよ」

「はい。自覚はあります。あなたはモリアーティ的な動かない主犯だったのです。先生が解決したどの事件も犯人は捕まらないか、捕まってもすべて下っ端で、犯罪組織の全貌は全くあきらかになっていません。つまり、どの事件も首謀者まで到達していないのです。

そして、先生は依頼者が言っていない事柄まで理解しており、事件を熟知していました。先生がモリアーティだと考えるのが最も自然な解です」

「物的証拠はあるのかね？」

「いいえ。ここでの先生と依頼者の会話から推測した結果です」

「なるほど。面白い。つまり、君は一種の安楽椅子探偵だということになる。そして、君はついさっき安楽椅子探偵はほぼあり得ないと言った。自己矛盾していることに気付いていないのかい？」

「先生はレベルの違う話をわざと混同して話をはぐらかそうとされていますね。わたしは話を聞くだけで、事件を解決した訳ではありません。わたしはただ、話の矛盾点に気付いただけです。矛盾が矛盾でないとするなら、先生が主犯であると考えるのが最も単純です。オッカムの剃刀の原理です」

「それで君はどうするつもりなんだ？」

「わたしは物的証拠を持っている訳ではありません。また、独自に捜査する能力もありません」

「正しい自己分析だ」

「わたしにできることはわたし自身が気付いたことを発表することです。例えばミニコミ誌の連載を通じて。そうすれば、捜査能力のある誰かの目に留まるかもしれませんから」

「それは止めておいた方がいい」先生は静かに言った。

「どうしてですか？」

「君が恥を掻くだけだからだ。君の望みの通り、能力のある人間が捜査をしたなら、僕の潔白はすぐに証明されるだろう。そうなったら、君は僕を誹謗中傷《ひぼうちゅうしょう》したことになる。僕は君を名誉棄損で訴える気はさらさらないが、君のライター生命は断たれてしまうことになるだろうね」

「そうですね。先生が無実だった場合は、そういうことになるかもしれませんね」

「わかってくれたようだね」

「でも、先生が無実でなかったら、どうでしょうか？　先生がこの街のモリアーティだとしたら、わたしは大手柄ではないですか」

「現にわたしはこの街のモリアーティではないのだから、その仮定は間違っている」

「先生は自分がモリアーティなのか、そうでないのかは把握されているでしょう。しかし、わたしには真偽のわからないことなのです。先生にしかわからないことを共通の同意事項のように扱われても困ります」

「いいだろう。不本意だが、わたしがこの街のモリアーティである可能性も含めて分析してみよう。この場合でも、君は発表すべきではないという結論になる。まず僕がモリアーティでない場合、君は間違った記事を発表して、地位を失う羽目に陥る。ここまではよかったね？」

「はい」

「問題は僕がこの街のモリアーティだった場合だ。その場合、僕は君がミニコミ誌で発表することをよしとするだろうか？」

「もちろん嫌でしょうけど、わたしは発表するつもりですよ」

「冷静に考えるんだ。僕がモリアーティだとしたら、みすみす君にそんな事柄を発表させると思うかい？」

「発表させないつもりですか？」

「この街のモリアーティなら、発表を阻止するための手立てはいくらでもある」

わたしはどきりとした。

「つまり、僕がこの街のモリアーティでなかったら、君は誤報したということで現在の地位を失う事になる。そして、僕がこの街のモリアーティだったら君はもっと大事なものを失うことになる。まあ、後者の可能性はないから考慮しなくてもいいんだけどね。とにかく発表してもいいことは何もないんだよ。君なら理解できると思うんだが」

「はい。ちゃんと理解できています」わたしは答えた。「そんなことを発表しても何もいいことはありませんね」

「その通り。賢明な選択だ」先生は満足そうに頷く。

「だけど、何もいいことがないとしてもやらなくてはならないこともあるんです」

「今、君は理解したと言ったよね？」

「はい」

「僕が無罪なら、君は恥を掻いてライター生命を失うことになるんだよ」

「でも、恥を掻いてライター生命を失う程度で済むんですよね？」

「僕が有罪なら、君には大変なことが起こるかもしれない」

わたしは笑った。「後者の可能性は考慮しなくてもいいはずですよね？」

「後者の可能性はないし、そのことはわたしが知っている。しかし、君はそのことを知らないので、考慮するのは仕方がない。君の立場で考えてあげているのだよ」

「その場合も本当に酷いことにはならないので大丈夫です」

「どうしてそんなことが言えるんだ？」

「この街のモリアーティは、愉快犯だからです。人々がパニックになったり、怯えておろおろするのを楽しんでいるだけです。もちろん金銭が絡む犯罪もありますが、被害金額は僅かですし、未然に防いでしまっている場合もあります。つまり、兇悪犯ではないのです。わたしを殺したり、とことんまで破滅させることはないはずです」

「しかし、確証はないはずだ。そこまでして、君がわたしを告発しようとする見返りは何だね？」

「好奇心です」

「何だって？」

「わたしの推理が正しいかどうかを確認するには、わたしの推理を公開するのが最も簡単な方法だからです。この街の多くの関係者の目に留まれば、様々な検証が自然発生的に行われることでしょう」

「わたしが公表を阻止したら？」

「その場合も、わたしの推理が正しいことが証明できることになるので、問題ありません」

発表するのに、ミニコミ誌に頼る必要はない。すでに文章は準備してあるのだ。今、エンターキーを叩けば、すべては完了する。

もちろん、それと引き換えに、わたしは何かを失うのかもしれないが。

「先生、あなたはこの街のモリアーティですか？」

「もし、わたしがそれを認めたら、君は公開をやめるのかい？」

「はい。それで目的は達成ですから。でも、先生が認めないのなら、どんな手を使っても発表します」

先生は少し考えて言った。

「やってごらん。意外と面白いかもしれないから」

初出

第一話　アイドルストーカー　「Ｗｅｂ光文社文庫」二〇一五年八月〜九月
第二話　消去法　「Ｗｅｂ光文社文庫」二〇一五年九月〜十月
第三話　ダイエット　「Ｗｅｂ光文社文庫」二〇一五年十月〜十一月
第四話　食材　「Ｗｅｂ光文社文庫」二〇一五年十二月（抄）
第五話　命の軽さ　書下ろし
第六話　モリアーティ　書下ろし

光文社文庫

文庫書下ろし＆オリジナル

安《あん》楽《らく》探《たん》偵《てい》

著者　小《こ》林《ばやし》泰《やす》三《み》

2016年2月20日　初版1刷発行
2023年4月25日　2刷発行

発行者　三宅貴久
印刷　萩原印刷
製本　ナショナル製本

発行所　株式会社　光文社
〒112-8011　東京都文京区音羽1-16-6
電話（03）5395-8149　編集部
8116　書籍販売部
8125　業務部


ISBN978-4-334-77238-3　Printed in Japan



組版　萩原印刷

KOBUNSHA